비단길 편지

비단길 편지

윤후명 시집

은행나무

도롱이집의 시

이 시집은 지난번에 낸 시전집 〈새는 산과 바다를 이끌고〉를 이은 두 번째 시집이다. 먼젓번 그 시전집은 1967년 시인이 된 이래 20세기가 지나도록 쓴 시들을 묶은 시집이며, 이것은 그 다음 작품들의 묶음이다. 나는 내 집을 도롱이집으로 명명했을 정도로 도롱이를 쓰고 길을 가듯이 이 시들을 썼다. 누군가는 내 소설들을 일컬어—강릉을 출발해 고비를 지나 알타이를 넘어 마침내 다시 '나'로 회귀하는 방황과 탐구의 여정—이라고 했는데, 이 시들도 또한 그러하다고 나는 말한다. 그동안의 '나'를 말하며 이 시들은 여기에서 전쟁과 혁명과 사랑을 증명한다. 끔찍이도 아름답고 슬픈 인생이었다.

하지만 나는 여전히 꿈꾸는 17세의 소년으로서, 다시 77세의 노인으로서 산길을 걸어 물길을 헤어 어디론가 향하고 있다. 산속의 오솔길을, 물속의 도서관을 향하고 있다. 누군가가 작은 고콜불을 켜고 나를 이끈다. 그 불빛이 아무리 작더라도 나는 큰 세상을 찾아갈 수 있다고 믿는다. 그 믿음이 이 시집에 담겨 있기를 비는 것이다.

다음 시집이 언제 어떻게 내 앞에 놓일지는 모르지만, 그날 또한 있으리라 빌어본다.

2022년 여름, 윤후명

2부 구게 왕국

3부 비단길 편지

4부 사랑의 힘

5부 둔황에서 강릉까지

1부

백령도

새벽길

이 길을 걸어 평생을 왔다
길은 계속되어도
내 발걸음은 멈출 수 없다
고갯길을 넘어 물을 건너 숲을 지나
광야를 가로질러
온갖 소리에 귀기울이며
나는 아직도 걷는다
끝은 내가 만들어야 하기에
내 길은 멈추지 않는다
밤이 지나고 동이 틀 때까지
이 길을 걸어 새벽으로 간다
그것이 내 것이라고
누구에겐가 말해주어야 한다
단 한마디라도 들려주어야 한다

노각나무꽃

노각나무꽃
땅위에 뚝, 뚝, 떨어져
여름이 하얗게 놓여 있다

하얀 몸으로 누운
하얀 무게
이것을 사랑에 마저 보태며
우리의 만남을 이룬다

노각나무꽃
땅위에 뚝, 뚝, 떨어져
만남을 하얗게 속삭인다

뜻 모를 길

뜻 모를 시를 쓰고 싶다

뜻 모를 소설을 쓰고 싶다

뜻 모를 삶을 살고 싶다

그리하여 지금 나는 여기에 있다

뜻 모를 사람이 내게로 온다

뜻 모를 아름다움이 내게로 온다

세상은 아름답다 하고

아름다운 열매를 매달고 있다

내게는 아직 모를 일이다

이거 큰일이라고, 누군가가 어디로 달려간다

무슨 영문인지 그 사람 뒤를 바라보다가

잠이 들어

뜻 모를 꿈을 꾼다

나를 찾아 뜻 모를 책장을 넘긴다

그을은 그리움

떠난 것들이 왜 내게는 남아 있는지 몰라서

강릉 바다 앞에 선다

무엇이 이리 막막한 걸까요?

어머니, 아버지!

이토록 그을은 그리움이 세상 어디에 있는지요

나는 바다를 바라보며 묻는다

모르는 것 투성이가 그을음이었다

그을음 자욱한 물음은 바다에서 산으로 메아리를 울린다

나는 바다의 창문을 열고 내다본다

육이오 때 이불을 뒤집어쓰고 남몰래 밝혔던

등불이 내 상처 위에 남아 있다

그것이었다구요?

그리움의 그림자를 보라구요?

막막한 그것이라구요?

엉겅퀴꽃 가시

늘 하염없이 걸어오던 들길
엉겅퀴꽃 가시를 보고 배웠네
하염없이 걷는다는 건
그 가시를 본다는 것
가시로 사랑을 말한다는 것

갯메꽃 피는 바닷가

강릉 단오가 내일, 강문의 바닷가에서
갯메꽃 피는 저녁을 맞는다
등대는 빛을 내비치기 시작하고
어둠이 살얼음처럼 깔린 모래밭은
검푸르게 삶을 휩싼다
나와 그대는 사라지는 사람들처럼
여기가 어디인지 서로에게 묻는데
갯메꽃이 모래밭에 피어 있다
그렇지, 강문 진또배기가 저기
우리는 사라지지 않았구나
우리는 검푸른 어둠 속에서
어디론가 헤쳐 나간다
그 속에 삶을 비추려고
등대는 순간을 반짝 확인한다
단오를 맞이한 삶이 갯메꽃으로 꽃핀다

동해남부선

바다에 레일이 깔린다

달빛을 타고 달려가던 그 밤

열차는 언제까지 멈추지 않는다

나는 수평선을 향하여 이제껏 달려왔는데

달빛은 어디까지 비추는지

파도는 어디까지 밀려오는지

그 밤 이후 잊지 못했다

달빛 바닷길을 열차는 달린다

떠나온 지 몇몇 해인지

이 세상이 없을 곳으로 달린다

달빛 속에서 나는 세상도 없고 나도 없는

그곳으로 지금도 열차를 타고 간다

삼청동 비술나무

모두들 세상을 떠났다
마지막, 아버지는 육군 법무관으로
국군병원에 가두어졌다
그곳에 가서 나는 세 그루 비술나무를 본다
서울 변두리에서 무배추와 돼지를 기르던 아버지
실패는 계속되었다
법은 돼지들에게 쓸모없었다
나는 어두운 밤길 언덕을 넘어 집으로 돌아오곤 했다
돼지들에게 쓸모없는 법을 내게 옮겨놓으려는 아버지
나는 그걸 시로 적어놓기 시작했다
시가 아닌 넋두리였다
넋두리 속에서 영혼은 어떻게?
어지러웠다
그러나 아버지는 내가 법관이기를 바랐다
오늘 국립현대미술관 서울관에 가서
비술나무를 본다
뒤샹의 유명한 '소변기' 앞으로
아버지의 지프차가 어디론가 달려간다

소루쟁이

들로 나가 소루쟁이 잎사귀를 잘라다
라면에 넣고 끓이던 시절이 있었다
'소루쟁이 라면'이라고 부르며 끼니로 삼았었다
홀로 이걸 먹고 시를 쓰는 시인이 있을까
묻는 내가 어리석었다
무엇이든 먹고 시를 쓰는 게
시인이라고 몇 번이나 말했던가
라면에 넣을 푸성귀가 있으니
그게 행복이라고,
그게 사랑이라고,
그게 운명이라고,
그게 시인이라고,
'푸성귀가 있으니'
몇 번이나

'달마고도達磨古道'의 음악회

'앵두주스를 미황사 찻잔에 따르고
감나무에서 떨어진 감꽃 꼭지를
본다'

그대는 가는 봄을 앵두주스로 그려놓는다
늦뻐꾸기는 멀어져 가며 울고
남쪽 미황사에서는 음악회 소식을 전해온다
나는 '달마고도'를 가는 듯한데
험난한 길에 하프시코드, 바로크 바이올린이
울려온다
어려움이 아름다움이라고
달라이 라마가 법어法語를 내리면
라다크에서 다람살라에 이르는 집 앞길
나는 그대가 가는 봄 속으로 걸어간다
물론 오체투지의 발걸음이다
고맙습니다
나는 땅에 엎드려 흙의 소리를 듣는다

어느 수도승

새를 말하기 싫었는데

몽골에서 만난 그 새는

말하지 않을 수 없다

나는 그 새의 알에서 태어났기 때문이다

그러기 위해서는 또한 조장鳥葬을 말해야 한다

나는 그렇게 죽을 것이기 때문이다

새는 내 몸을 갈갈이 찢으며

부리로 내 피를 빤다

나는 수도승이라고 내 신분을 밝힌다

새는 괜찮다고 나를 위로한다

여지껏 내뱉은 말들을 삼키면

영혼은 편안해질 거라고 말한다

말들을 삼킨 나는 빈 죽음기처럼 돌아간다

나는 너무 오래 헤매다녔어요

만난 사람들도 셀 수 없이 많은데 어느새 하나도 없군요

이제는 가야 해요

그리고 나는 불사조를 따라 영원히 떠나려 한다

이제야말로 수도승이 되는 것이다

붉은 장미의 노래

그 뜰의 붉은 장미처럼
그대의 마음 붉었네
오랜 세월이 지났으나
그 붉음 잊지 않고 마음에 간직하네
우리가 맑게 살려는 것은
그 꽃을 배웠음이니
오늘도 남몰래 바라보네
'순수한 모순'을 노래한 시인처럼
가시는 날카롭게 우리를 지키며
사랑을 말하네
그 꽃의 정렬과 지혜를 배웠음이니
우리의 만남이여
언제나 붉음이 짙어지네
꽃에게 배운 사랑의 마음이여
오랜 세월이 지났으나
우리와 함께 하네

백령도 1
—바닷가 언덕길

허택 소설가의 할아버지가 세웠다는 교회

오래된 무궁화나무

올해도 꽃피었는가

바닷가 언덕길 바람에 억새꽃 기울 때마다

지난 세월은 히끗거리고

지나는 이 없는 길에서

누구든 붙잡고 길을 묻고자

내 기도를 전하고자

바닷바람에 귀기울인다

언덕길에 내 발길은 아득해져도

멀리 바라보면

인당수 바닷물은 더욱 깊고

우리들 가는 길 멀기만 해도

그러나 가슴을 열고 만나는 우리

언제까지나 언제까지나

백령도 2
―뱃시간의 인생

화가들이 드나들며 작업실로 쓰는

옛 면장 집에 하룻밤 묵고

꽃게처럼 뱃시간을 기다린다

기다림이 명확한 만큼

내가 살아왔음이 명확하다고

믿을 수 있다

섬은 시간마저 가둬놓기에

하룻밤 묵은 인생을

뱃시간처럼 적어놓는다

백령도 3
—그대 잘 있는지

러시아 동포 박미하일의 안부를 묻던 그 여자

지금도 여기 살고 있는지

서울 인사동에 그림 재료를 사러 왔다가

어울린 그 여자

파고 3.5미터 견디고

네 시간 뱃길 잘 돌아왔는지

들어오면 언제 나갈까

자기 안부를 물으며

살아갈 나날

그림은 잘 그리고 있는지

하수오 뿌리 캐어 달여 먹고

저 바다 기슭 휘날리는 바람에

검은 머리 동여매고

갈매기 울음마다 안부를 전하고 있는지

백령도 4
—두무진의 새들

솟아난 벼랑들에는
내가 살았던 동굴이 있다
바위들의 나이테마다
내가 지나온 길들이 있다
새들과 살고자 한 나날이었다
그 발가락으로 글 한 자씩 쓰고
그 날개로 하늘에 옮겨 쓰고
쓰고 지우는 일만 하다가
부리로 쪼는 순간들이었다
순간들을 책력으로 엮어
한 장 한 장 파도에 뜯어 날리고
다시 부리로 쪼는 나날이었다
새들의 닳은 부리에 남아 있는 서체書體
사랑을 바람결에 남기고자 한 나날이었다

백령도 5
—새벽 까나리

닭울음 소리에
물범들과 가마우지들은 물론
게들도 잠에서 깬다
바위를 울리는
닭울음 소리가 바다로 흐르면
새벽 잠에서 깨는 것들이 있다
심청과 선묘가 반야용선을 타고
돌아오는 뱃길
까나리액젓 속의 까나리들이
그걸 믿고 바다로 가고 있다

백령도 6
—동백꽃 북방 한계선

빨간 함석지붕 뒤

오래된 동백나무 두 그루가 있다고

운전기사는 알려주었다

꽃잎이 유난히 크고 붉다고

우리나라에선 가장 북쪽에 자란다고

식물학자들이 와서 말했다는 동백나무

인천에서 학교 다닐 때와

군대 갔을 때 말고는

줄곧 여기 살았다는 그는

저녁에는 이웃마을 아들집 가려는

동네 할멈을 태워야 한다고 말하며

동백 이파리 톱니 같은 눈썹을 꿈틀거렸다

백령도 7
—해당화

몇 해 전 보고 간 해당화 붉었던 꽃잎
거기에 무엇을 보려 했는지
이제는 미움도 사랑이었다고
하려 했는지
다시 보았다
그렇다면 걸어온 모든 길은 사랑이었다
섬처럼 바다에 갇혀 있는 것도
갇힘이 아니라 사랑이었다
그렇다면 사랑의 갇힘을 겪으려고
몸부림쳐온 삶이었다
바닷바람을 맞으며
마른 해당화꽃에 씨앗이 맺혔는지
몸을 깊이 숙여 살펴보았다

백령도 8
―약속

섬에서 우리가 할 수 있는 것은
오직 한 가지
약속

섬은 내게 말한다
태어남을 잊지 말고
만남을 잊지 말고
무엇보다
이 모든 게 약속임을 잊지 말라고

잊지 말자는 그것밖에
약속의 내용은 없다고

섬 자체가 오직 한 가지
그 약속뿐이라고

백령도 9
—아무렴

심청이가 연꽃 속에서 살아났다고
선묘가 용이 되어 의상대사를 지켰다고
백령도는 저 바다를 말한다
흰 깃을 나부끼며 말한다
아무렴
모든 사랑은 사실이라고
모든 사랑은 언제까지나 살아 있다고
아무렴 아무렴
섬의 벼랑 아래 일렁이는 물결에서
아무렴 소리가 들려오면
바닷속에서 노젓는 소리
그 소리가 사랑이라고

백령도 10
—이쪽과 저쪽

간척지를 지나

바닷가 철조망 저쪽으로

황해도 장연 땅을 바라본다

장산곶이 저기지요

해병 용사가 손으로 가리킨다

저기라는 저쪽은 갈 수 없는 곳

장산곶 마루에 북소리는 들리는가

귀를 기울인다

아무 소리도 들을 수 없는 건

저쪽이기 때문이 아니건만

다만 눈과 귀를 의심한다

바닷가 철조망이 눈과 귀를 막을 리 없건만

왜냐고 묻지는 않는다

다만 여전히 장산곶을 가리킬 뿐이다

그대가 그린 인왕산

그대가 그린 인왕산에서
바위가 흘러내린다
흘러내리며 폭포가 된다
바위가 물이 되는 순간
마음을 이룬다
오래오래 바라보는 사람은
순간이 영원으로 변하는 걸
본다

도리질

아직도 그곳에 있는가

내 가장 헤맬 때 가서 쌀죽 먹고

계곡 물소리에 오한이 나던 곳

일타스님 의자 내놓고 앉아 내 고백 듣던 곳

거짓말인지 참말인지 나도 몰라

아궁이에 불 지펴 밥 지으면서도 마음은 천리만리

서른 갓 넘어 벌써 기울어진 몸으로 목도질 울력 뒤뚱거리고

새벽 법당 촛불들 켜기에도 허정대며

큰스님 눈 바로 쳐다볼 겨를도 없던 곳

아직도 그곳에 있는가

아니 예전에도 본래 없던 그곳에 내가 갔겠지

아니 아예 가지도 않았겠지

캄캄한 어둠 속으로 야반도주한 건 누구였을까

없는 그곳에 가지도 않은 내가

아랫동네 여관에서 소주 병째 들이켜 쓰러졌으니

뒷날 일타스님 다비식에 가서

신갈나무 숲길을 올라

본래 없는 그곳을 아예 가지 않은 나를

거짓말인지 참말인지 보고 또 보면서
도리질만 쳤다

늪

늪의 고요한 웅덩이를
뒤덮고 있는 개구리밥
나는 물의 무늬처럼 어디론가 떠가다가
삶이 여기 있는지 멈추었다
어디서 어디로 가는 걸 모르겠기에
그 위에 얹히려는 것이었다
오래 전 길을 잃지 않으려고
개구리밥 위에 적어 놓은 몇 글자
그 길을 지켜줄 몇 글자를
나중에도 읽으리라
빌어보았던 젊은 날이 있었다

마름꽃 피는 마을

작은 호수에서 마름꽃을 보고
걸음을 멈추었다
마름모꼴의 잎사귀
'헤이리, 헤이리' 하고 노래하며
농사를 짓던 어느 날의 고전古典
나 일찍이 이곳에 와서 그림을 시작했다
'마름 따는 처자'는 없어도
책방을 해보려는 아내 옆에서
'시 3백에 사무사思無邪'
〈시경詩經〉을 읽고 싶었다
대학 때는 몰랐던 '마름'의 세계
늙음의 젊음을 알게 된 것이다
마름꽃 피는 마을, 〈시경〉 속의 마을을 걷는다

한 척의 배

강릉에 김동명 시인이 있었다
'내 마음은 호수'라고 썼었다
그러나 나는 그 뒤의
'그대 노저어 오오'라는 구절에서 머물곤 했다
아무도 없는 나날
아무 생각도 없이
풀밭을 거닐고 싶었다
무엇이 있기는 한 걸까
내 어렸던 그 옛시절
홀로 된 어머니는 나를 데리고
밤 총소리를 건너갔다
아무 소리 없이
꽃마리 하늘빛 꽃 조르르 핀 풀밭에
떨어져 있는 신발
나는 한 척의 배를 빈 호수에 띄운다

시를 쓰는 딱정벌레

거쳐온 인생이 풍경이 된다

자연 속에 서 있는 집 한 채

그 안에 나는 형체 없이 서성거린다

아, 살아왔구나

부끄러운 딱정벌레처럼 웅크리고

시를 썼구나

그 형체가 내가 맞는다면

풍경은 완성될 텐데

서성거리는 사람의 그림자는 붙잡을 수 없다

한 웅큼

내 손안에 쥐여 있는 풀잎을 들고

나는 그림자 속에 딱정벌레의 집을 짓는다

제주 신중남로 도서관

빌딩 사이로 빼꼼히 내다보이는 수평선

제주 신중남로를 걷는다

털머위가 자라서 반갑고

도서관 풀밭에는 샛노란 꽃이 피어 있다

씀바귀 혹은 고들빼기 종류

일생을 꽃처럼 살고자 했으나

꽃은 늘 멀리 있었다

먼 길은 은하수를 건너고

온몸에 별똥별 우두두 쏟아졌다 해도

우주를 건너가는 내 발길 언제 걸음을 멈추려는지

어느 어둠으로 가려는지

살아온 지난 길

내 꽃 한 송이 있겠지 돌아보았다

강릉 앞바다의 귤

폴란드 그단스크에서는 바닷물에 돌이 떠 온다는데

돌이 아니라 호박琥珀이 떠 온다는데

그 호박을 가운데 넣고 만든

은장식 브로치

은혼식에 맞추어 그대의 목에 건다

폴란드의 그단스크 바다를 떠 온 듯

전쟁 때 강릉 앞바다의 병원선에서

흘러내린 귤

나 역시 바다를 떠 온 듯

험한 세파를 헤쳐 온 귤

은혼식의 그대 목에 거는 목걸이

고해苦海를 떠도는 우리의 삶에

귤은 떠 와서

돌이 되고 호박이 되고

강릉 앞바다의 파도가 된다

샤미센 소리
— 일본 도쿄 아카사카 1

아카사카를 지나 가스등, 아니 와사등瓦斯燈이 밝히는 길

첼로는 한껏 가늘게 영혼을 불러서

삶의 기미를 느끼는데

가스등 아래 걸어가는 그림자

그대와 나의 만남을 그린다

그 세월에 우리는 벌써 세월을 한탄하고

나는 멀리도 걸어온 길을

가까이 걸어간다

조선의 어린 왕자 영친왕이 잡혀 갔던 집은

호텔로 바뀌었는데

일본의 샤미센 소리가 어디선가

들려왔다

철물점에서 철사를 두드리고 있다

양파 수프
—일본 도쿄 아카사카 2

키오이 음악홀에서 내려가자
카페가 나타났다
옛날 파리 몽마르트르의 카페에 다시 왔는가
키오이 음악홀에서는 여전히
양성원의 첼로가 리스트와 쇼팽을
연주할 것이다
아카사카의 모퉁이에 앉아
내가 여기까지 와 있는 사실에
일제 때 정지용 시인이 드나들던 '카페 프란스'
시를 생각한다
구석마다 할로윈 해골은 거뭇거뭇 웃고 있는데
찐득이는 치즈가 길게 늘어지는
양파 수프가 있는 저녁

산왕신사山王神社의 뜰
— 일본 도쿄 아카사카 3

벚나무도 움을 감추었다

산왕신사의 뜰,

＊

기다림이 또 하나의

꽃인 것을,

2부

구게 왕국

구게 왕국 1

금의 나라 구게
중앙아시아를 지나 찾아간 왕국을
나는 꿈에 간직한다
그리하여 나는 꿈꾸고
그 땅도 꿈꾸는 이승의 세상
내가 거쳐온 땅끝에서 왕국은 되살아나니
사랑이라 하지 않을 수 없다
왕국이 동굴 속에 묻혔어도
사랑이 금빛으로 살아나서 내게 속삭인다
물고기가 새가 되어 날아가듯이
그 동굴 속에서 나는 꿈의 연금술을 배운다
천년의 무늬와 빛깔을
내게 입힌다

구게 왕국 2

구게 왕국에 가고 싶다
지금 황량한 모래땅에 사람도 살지 않는 곳
티베트 사람들이 환란을 피했다가
나라는 망하고
흔적만 남아 있다
동굴의 벽화에 그려져 있는 수도승들이
어디엔가 살아 있으리
일본 고야산에서 달라이 라마의 꽃을 받을 때
나는 그 수도승들의 꽃이라고 느끼고 있었다
다시 그들의 꽃을 받고 싶다
그래서 구게 왕국도 천축의 한 나라라고
혜초의 〈왕오천축국전〉처럼 전하고 싶다
구게 왕국은 사라진 왕국이 아니다
사막의 꽃 속에 피어 있는 것이다

구게 왕국 3

라다크 가는 길에

야생낙타를 만난다

그동안 박영한 소설가와 허수경 시인과 김윤식 평론가가

세상을 떠났다

안산 가사미 산길을 헤맸거나(박영한)

독일의 라인 강변에 나란히 앉아 있다가 가방을 잃어버

렸거나(허수경)

내게 경양식 점심을 사주었거나(김윤식)

그것이 인생이었다

뭐 어쩌자는 말도 없이

사라진 뒤

야생 낙타는 대추야자를 씹고 있다

그것이 삶이었다

구게 왕국 4

저물어진 흙집을 나와
약초를 캐러 간다
일찍이 독초와 약초를 헤아린 것은
신농神農씨라지만
티베트의 시장에서 구한 초본草本에는
그 쓰임새까지 그려져 있다
구게 왕국의 여래가 가르쳐주고 있는 바였다
여래는 세상의 아픔을 받아
초록의 몸으로 나타나지만
나는 티베트의 지혜를 배우고 있다
허물어진 흙집 곰파를 떠나가리라
깊은 기도와 함께
잠 속에서도 약초처럼 푸르고 싶다

구게 왕국 5

드디어 발길이 닿은 구게 왕국
뭇사람들은 어디로 흩어졌지만
동굴 속에서 비천상은 피리를 분다
그 피리 소리에 내 지난날은
하늘에 글자를 쓴다
티베트 글자이기 때문에
나는 티베트 사람이 된다
그 사람과 나는 하나가 되기까지
히말라야산을 몇 번이나 넘었던가
눈표범을 만나 죽을 뻔하기도 하고
큰 꽃송이를 지붕삼아 잠들기도 했었다
구게 왕국의 동굴 속에 어려 있는 티베트 무지개
나는 그 왕국의 사람이 되어
무지개의 행복을 받아들인다

구게 왕국 6

6.25 때 어머니와 넘던 고갯길에서
어머니는 나를 새소리에 맡기고
나는 산마늘 몇 대궁 꺾으려고
숲속을 찾아 들어간다
마른 흙바닥에 새는 어디로 갔을까
전쟁의 군화에 짓밟히지 않으려고
기장 농사를 짓던 땅마지기 뒤에 숨은 것일까
강릉에 갈 때마다 그 새를 찾지만
발자국 소리 하늘에 감추어진다
새는 이름도 하늘 가장자리에 감추고
전쟁을 피해 고개 너머로 사라졌구나
구게 왕국도 굴 속에 무너졌구나

구게 왕국 7

천릿길 누더기가 된 오색 깃발을
이름 모를 산기슭의 룽다에 잇대고
노래를 부른다
이제 다 왔다, 이제 다 왔다,
복 많은 그와는 달리
박복한 나는 천리를 헤맸는데
이제 다 왔다, 이제 다 왔다,
오체투지는 이마가 땅에 닿아야 한다며
불거진 상처를 어루만진다
라사를 거쳐 수미산으로 가는 길
구게의 땅은 야크 그림자에 숨겨져 있다
그러나 이미 그곳은 티베트의 무지개로
피어나는 곳
얄룽창포강을 건너면 룽다의 끝에 펼쳐진다
이제 다 왔다

구게 왕국 8

구게 왕국은 멀리 있건만

나는 내 동아리 사람을 따르려 한다

요동遼東의 땅이라고 강물 소리 겨우 들리고

우리 흔적 엷어졌어도

옛 기장 농사짓던 우리 동아리 그림자라도 따를까

우등불 사랑으로 어둠 속을 피어오를까

요순堯舜의 임금들 어디로 갔어도

먼 구게 왕국까지 나는 발길을 옮긴다

오로지 이름만 구게의 언덕 위에 선 곰의 모습일 따름일

것인가

단군의 무가巫歌와 같음이다

들판 아득히 그 노래는 울려퍼지고

들불은 아지랑이를 몰고 온다

나는 혼몽한 몸으로 나를 일으켜세워

내 뜻을 이룩할 것이니

오직 나의 사랑이라 믿는다

이것이 나의 사랑이라고 믿는다

구게 왕국 9

흑표黑彪 한 마리 살고 있다기에
산동山東의 기슭에 내 노래를 묻는다
더 가고 가다 보면 알타이 우랄의 산기슭
트럭이 향하는 곳에 히말라야는 먼 꽃을 날린다
강릉영화제에 다녔다 가느라고
나는 바다 위 책방에 머물렀었다
고래 동인이여
우리는 이렇게 살아 있구나
높은 산 곰파에서 홀로 목탁을 두드리면
흑표는 가락을 놓아 우리의 목숨을 기다리고
강릉 파도에 맡겨둔 노래의 생명이여
흑표와 함께
우리는 산을 넘고 바다를 건너
세상을 헤어간다

풀꽃의 사랑

진주 지수에서 가져온 개불알풀꽃
경주 감은사 터에서 가져온 광대나물꽃
이른 봄 보라꽃 빨강꽃 보석이 되곤 했다
이젠 어디론가 사라져
돌아오는 봄에는 그 꽃들을 찾아야 한다
큰 아름다움은 가까이 없고
작고 작은 눈망울 속삭이는 소리 들린다
나는 어느새 늙었어도
보라와 빨강은 늙지 않는다
세상 그대로 풀꽃들은 사랑이다
나는 그 풀꽃의 땅에 엎드려
누가 보랴 조마조마 눈짓하련다
보다 더 푸른 보랏빛
보다 더 붉은 빨강빛
보석 원석이 나는 곳 가까우니
그대의 보석으로 갈아내련다

윤동주 시인의 방

시인의 방에는 엉겅퀴가 꽃핀다
대학의 기숙사 방에서 서촌의 하숙방까지
아니 자하문 고개의 문학관까지
나는 엉겅퀴 꽃송이를 그린다
온몸에 가시가 돋은 시인의 삶이다
그래서 그가 머문 방에 새겨놓은
나의 꽃
어둑어둑 하루가 저물 때
나는 홀로 그 방에 서 있었다
마음이 무엇인지 들추면
시가 꽃핀다고
나는 홀로 말하고 듣는다
그가 간 길을 걷는 한 걸음마다
엉겅퀴를 마음에 심을 때
나는 그림자를 꽃피우는 시인이 된다

양평 의병의 절꽃

1 용문사 무릇꽃

용문사 아래 계곡에 피어 있는 무릇꽃
어릴 적 전쟁때 끼니 못 때워
물긋이라고 물에 울궈 삶아 먹던 그 뿌리
분홍빛으로 피어 배고픔을 달랜다
지금 그대 손에 한 묶음 움켜쥔 그 꽃은
그리움이런만
어릴 적 무릇꽃은 여전히 나를 숨어들게 한다
무릇꽃 연분홍으로 피어
여전히 나를 배고프게 한다
물긋밥 한 끼 먹으며 오뉴 월 고갯길
뻐꾸기와 함께 지쳐 울며 의병 못돌 뒤로
아득히 넘고 싶다

2 사나사 산수국꽃

산수국꽃은 해마다 피고

옛 의병은 그 꽃 속에 잠들었다

그해 계곡 물소리 눈물겨워

어찌하여 내가 여기 있나 물어보았다

꽃 속에는 옛 선사도 부도를 세우고

만세불망萬世不忘의 그리움을 잠재운다

나는 여기 있으되 없는 세상

없으되 있는 세상

나 혼자 먼 구름 발치에

나를 앉혀놓고 꾸짖는다

나를 찾으니 내가 없지 않느냐고

꽃 옆에 앉아 꽃빛 하염없이 들여다보라고

달래는 마음이 있다

   3 상원사 색동꽃

용문사, 사나사를 지나

상원사에서 뜻을 다시 세웠다

절은 그 이야기를 처마마다 기와마다 간직하고

깃을 하늘에 여미고 있다

용문산이 내려다보며 보살의 미소를 전해준다

아니 내게는 지장地藏의 말씀이다

아픔은 바람소리에 젖어 흐르고

옛 기억은 내 눈매에 어린다

시냇물소리 설운 몸을 다독이면

나는 이 강산을 떠도는 마음

먼 산 너머로 한 줄기 사연이 바람처럼 지난다

그대 옷자락이 멀리

삶의 약속을 하늘 끝에 아로새긴다

소매 끝동에 색동꽃 피어난다

허씨네 제삿날

모두들 계동에 모여 머리 조아려
진주시 지수면 승산리를 마음에 새긴다
날꼽아 모인 가족 식구들
소지가 끝날 때까지 예를 갖추면
제삿상 위의 '묵동댁 내림음식'에는
'강낭콩보다 푸른' 남강 빛 아롱지고
방어산 산봉우리도 내려다본다
이윽고 소식 안부 목소리 떠들썩
너나없이 그릇에 고향 소식을 옮겨담는다
모두들 할아버지의 피붙이들
한 세대는 다시 다음 세대로 이어지는데
아이들 자라는 모습에
조상님 음덕이 더욱 새로워
서로 마주보는 얼굴들 정깊이 어울린다

야크똥 줍는 티베트 소녀

얄룽창포 강변에서 소녀는

겨울 땔감 야크똥을 줍는다

돌흙길 비탈길 멀리 하늘 너머

천장天葬터 새들이 발라먹은 뼈다귀빛 하얀 눈이 내릴 때

야크똥 연기는 향香이 된다

봄부터 가을까지 순례자를 태운 트럭이 기우뚱거려

카일라스 가는 길은 먼지로 자욱하고

수미산, 수미산,

웅얼거리며 두 손 모으며 옴마니밧메훔, 오체투지하는

사람들

강변 머나먼 길은 하늘로 향한다

그 길 따라 소녀는 야크똥을 줍는다

히말라야를 넘다가 죽은 사람들

어디론가 사라진 사람들

바람소리가 사랑하는 소녀의 정강이뼈 소리라고

빈 밥그릇이 사랑하는 소년의 해골바가지라고

기도하며 사라진 모습들

소녀는 야크똥 땔감을 향으로 줍는다

땔감이 향이 되는 얄룽창포 강변의 소녀의 손길

그것이 소녀의 오체투지

사라진 사람들을 위하여

겨울 야크똥 향기의 향을 피우기 위하여

높은 산과 긴 강이 하나 된 소녀의 오체투지

소녀는 야크똥을 줍는다

말없이 야크똥을 줍는다

어머니의 동치미

무 아닌 무우를 독에 쟁인다

정갈히 물 붓고

마늘 생강 파에 배도 넣는다

살얼음을 덮고 익으며

자수정빛 갓물 보일까말까 우러나는 동치미

오래 잊었던 모습 되살아나는 듯

하늘가에 떠오르는 얼굴 누구라고 말 못할 얼굴

무우, 무우우, 저녁소처럼 울고 있는 모습

동치미는 어머니의 눈물처럼

마지막 떠나간 발자국 소리를 담고 익는다

헤어짐이 맑아질 때까지 겨울 하늘보다 맑아질 때까지

생生이 슬픔을 불러앉혀 타이르듯

멀리 있는 나를 부른다

마음의 난hah
―중앙아시아 고원에서 3

중앙아시아에서는 빵을 난이라 부른다는 걸 알았다

우리 내외는 아낙네들이 내다파는 난으로

끼니를 때웠다

나라가 무너진 곳에는 아직도 레닌 동상이 서 있고

사람들은 무리지어 헤맸다

굶주리고 때로는 누가 죽었다고도 했다

고려인, 조선족, 한국인이 함께 있는 땅에서

난을 먹는 우리는 누구일까

"스꼴까 스또이트(얼마요)?"

한마디밖에 모르는 러시아말에 우리를 맡기고 가는 길

어느날 그녀가 구해온 난 하나

그녀의 얼굴만큼 큰 난 하나

우리를 며칠 살게 한 난 하나

지금도 모르는 길을 가자면

가방 속에 챙겨넣었다고 믿는 난 하나

하룻밤을 물어보다
—중앙아시아 고원에서 4

양, 염소, 새들과 함께

황량한 돌모래 고갯길을 넘어

어디론가 외롭게 나아간다

고개 아래 수박더미가 쌓이고

길은 텐산天山의 흰 눈을 바라보며

오아시스가 시작된다

이식쿨 호수의 맑은 물가에

사내는 말을 타고 산 아랫마을로 향하고 있다

파미르 고개까지 가려는 것일까

허리춤에는 단도를 꼽고

무슬림의 키르기스스탄 뾰족 모자를 머리에 얹었다

나는 오아시스에서도 다만 아득할 뿐이었다

한글 겨레붙이인 나는

서둘러 사내에게 하룻밤 묵어갈 집을 묻는데

우리말이 먼저 나왔다

우슈토베 마을
―중앙아시아 고원에서 5

어느 틈에 우리말이 새롭게 들리는
중앙아시아가 그리워졌다
두고 온 우리말에 맡겨둔 사람들
'우둥불'을 벌판에 지피고 달려간 외침
"대한독립만세!"
나는 문화원에 들러 미하일의 그림을 본다
조국을 떠난 지 5세대가 되건만
고향 언덕의 아이들이 있다
아이들은 뛰놀며 우리말을 배운다
"안녕하십니까. 이 말은 우리말입니다."
중앙아시아 우슈토베에 버려질 때
온통 갈대밭뿐인걸 살아남았지요
사내는 두 팔을 멀리 뻗는다
우리는 겨우 목숨을 부지해
우리말을 하며 이 땅에 남아 있다고

한국의 소금쟁이
―중앙아시아 고원에서 6

바이칼에서도

이식쿨에서도

한 마리 소금쟁이가 보고 싶었다

한국의 물웅덩이 위를 가볍게 떠 달려가는

소금쟁이와 함께 어린날로 돌아가고 싶었다

물결치는 드넓은 호수 대신

한국의 물웅덩이를 보고 싶었다

티베트의 여러 호수들은 또 어떠했던가

어디서든 물방개 한 마리 볼 수 없었다

고산병을 견디며

나는 어린날의 꿈속을 아직도 헤매고 있는데

생生은 흘렀다

그 위에 소금쟁이라도 떠 있을지

물웅덩이 가에 앉아 찾고 싶었다

코끼리똥종이에 쓴 시

동남아에서 사온 코끼리똥종이에

한 편의 시를 쓴다

시는 내를 건너 길을 지나

밀림으로 들어간다

긴 코를 뻗쳐 먹이를 딴다

시를 먹이로 살아온 삶

언제나 걱정이 끊이지 않아

어두운 밀림 길은 겨우 뚫린다

나뭇잎을 잘라 먹고

똥으로 만들어진 종이

그 위에 쓰는 이 몇 줄의 시

그것이 내 삶이라고 알기까지

시를 공부한 지 60년을 헤아린다

코끼리는 밀림 속에서

오늘 하루도 막다른 새 길을 더듬는다

마지막 소리
—설악 무산 스님 추모시

스님의 절명시를 읽는다

'억!'

나는 눈을 의심하다가 스님의 부르짖음을 듣는다

'허장성세로 살다보니 온몸에 털이 나고 이마에 뿔이 돋는구나, 억!'

이승을 떠나 고갯길을 넘으며 스님은 마지막 소리를 남긴다

'억!'

나는 귀가 먹먹하여 먼하늘을 우러른다

스님을 처음 뵌 지 몇 해던가

그 가르침 또한 한 마리 '하루살이'의

'억!' 소리였던가

만해마을에 묵었던 어느 이른 봄날

냇가에 핀 여린 노란 생강나무꽃 스님의 미소가 되고

설악의 눈녹은 냇물 소리 스님의 법어가 되었다

그 머리는 높은 산봉우리의 벽암碧巖,

그 눈은 높은 하늘의 벽안碧眼이었다

늘 비유풍자로 일갈을 던지던 모습은 새봄 꽃빛처럼 살아나는데

지난 가을 목 수술을 했다고

떼어낸 암덩어리 사진을 보여주던 모습은

동안거까지 마치고 마침내는 스스로 곡기를 끊었다고 했다

스님이시여, 강원도의 산이시여,

나는 '억!' 소리를 들으러 고향으로 가리라

골짜기마다 들려올 소리 나를 달래리라

열심히 수행하라는 그 한 마디 가슴속에 새기며

다비茶毘의 불꽃 속에 오직 스님을 뵈오리니

원왕생, 원왕생,

스님을 부르옵나니

어린 날 피난길

방공호에도 들어갔다
돼지우리에도 들어갔다
숨어서 바깥을 살피는 것은
죽고 살고의 일이었다
대포 소리와 따발총 소리에
귀를 틀어막고
인민군 행렬을 보았다
우리가 다시 만난 건 전쟁이 끝나고
저수지 옆집에서였다
그것이 마지막,
다시 만나리라 믿었지만
삶은 흘러가기만 하는 것이었다
이슬방울 하나가 풀잎에 맺혀 있다

산벚나무꽃

뭉글뭉글 구름 같은 산벚나무꽃
〈두시언해杜詩諺解〉를 읽어야 그 뜻 풀리겠지
만주벌에서 보얗게 먼지구름을 일으키던
봄 흉노匈奴를 따라가는 길이겠지
'봄은 왔으되 봄 같지 않으니春來不似春'
이 시를 쓴 여인인 흉노의 여자를 본다
아픈 양피羊皮의 글자들이여
그래서 사랑을 새겨놓는다고
말굽쇠를 갈아끼운다
그 사이에 뭉글뭉글 핀 산벚나무꽃잎
으깨져 즙汁을 내건만
〈두시언해〉를 읽는 한낮에
나는 그저 보얗게 흐려지기만 한다

호미를 들고

호미를 손에 들었다

땅에 심었던 모든 뿌리들

내 곁에 있기를 빌고 있었다

뿌리 한 줄기를 타고

땅밑 하늘밑으로 가기를 빌었다

이것이 무엇일까

나는 평생을 물었다

무엇을 묻는지는 묻지 못했다

그러나 호미를 들고

나는 물음 앞에 섰다

이것이 무엇일까

뿌리는 길게 자라 나를 덮었다

언제나 나는 무엇인가 빌고 있었다

뿌리는 아무 말 없이 자라기만 했다

삶에도 뿌리가 있을까 나는 다시 물었다

배다리의 시인
—인천에서 1

배다리 길에 서서
바다기슭 소리에 귀를 기울인다

'잊어버리자고
바다기슭을 걸어보던 날이
하루
이틀
사흘'

조병화 시인의 시 〈추억〉이었다
모래밭 뻘밭 어디에
시인의 베레모가 놓여 있을까
포구가 매립되기 전
거기에 남겨놓은 그림자가
옛일을 찾아 바다기슭을 걷고 있을 것이다
인생은 잊어버림 속에 있으나
하루, 이틀, 사흘,
오히려 추억은 살아난다

이제는 모래밭도 조병화 시인도 없는 배다리

갈매기가 날아가는 길이 어디일까

나는 하염없이 홀로 걷는다

새얼백일장
―인천에서 2

벌써 몇 년째인가 새얼백일장

인천항이 내려다보이는 창가에서

원고지에 쓴 글을 읽는다

아, 아직도 학생들이 눈물겹게 시 산문을 쓰고 있구나

눈물을 닦으면

작품으로 태어난 한글은 새로운 빛으로

내 눈을 밝힌다

오래 전 열일곱살 성균관대학교 백일장에 가서

샛노란 은행잎 아래 글을 썼던 나

그로부터 반 세기도 넘어

그때의 내가 지금의 학생들과 마주앉아

원고지를 펼치고 있는 모습

창밖 항구에는 외항선이 지나가고

원고지 앞에 숨죽인 내가 있다

읍揖!

일곱 명의 여작가
―인천에서 3

일곱 명의 여작가들과

초록색 등대를 바라보고 걸었다

위험을 알려주는 불빛이 반짝이도록

기다려야 했다

그러나 숲속에 가득 꽃핀 천남성은

사약死藥이 된다고 누군가 알려주었다

열 넷의 발길이 섬 밖으로 향하고 있었다

이들의 글은 내게도 경고가 되었다

글은 아름답게 가기 위한

사약을 알려준다는 것이다

먼 데서 이들을 싣고 갈 배가 오는 동안

나는 아름다움을 믿고 있었다

꽃의 이정표

아름다움을 따른다고
너무 멀리 걸어왔을까
풀꽃 한 송이를 이정표삼아
몽골 초원을 지나고 톈산을 넘었다
나는 어디로 가는 것일까
온 생애에 물음을 던져도
상처투성이 몸뚱이 눕힐 곳 찾지 못한다
이제 더 이상 이정표는 보이지 않는다
풀 한 포기 없는 아름다움이다
황량한 길 가려고 멀리도 왔다
오랜 세월이 아름다움인 것을
황량함이 아름다움인 것을
배웠다고 말해야 한다
오랜 세월이 한 송이 꽃이라고 말해야 한다

바위 위의 얼굴

고래를 따라
오랜 세월 바다를 떠돌았다
작살을 들고 배를 저어
고래가 어디 있는지 가늠했다
바다는 언제나 몸부림치며
나를 이끌고
고래를 노려보는 내 눈초리를
놓치지 않음을
나는 알고 있었다
그리하여 고래와 한 몸이 되어
이 바위로 왔다
그 날을 잊지 않기 위하여
얼굴에 비춰보는 이 바위에
그려진 모습이여
바위 깊이 새겨진 내 삶이여

새소리의 무지개

새소리는 우리를 위해 운다
그들의 소리라 해도 우리가 듣는 순간
우리의 소리가 된다
사랑의 소리이기 때문이다
아름다운 무지개 소리이기 때문이다
무지개는 우주에 있는 모든 소리를
빛깔로 나타내려고 빛나기 때문이다
새의 부리가 무지개를 뽑아
우리의 한 순간을 빛낸다
사랑이 무지개가 되는 순간이다

야구장갑을 낀 농게 한 마리

게는 한 손을 쳐들고
바닷가를 걸어간다
고등학교 이래 야구글러브를 놓친 나는
그와 마주걸으려고 뻘밭을 따른다
이제 게들은 보기 어렵다
예전에 내가 놓쳤던 야구글러브
게는 한쪽 손에 그것을 끼려고
혼자 내 옛사랑을 찾는 것이다
바다로 난 창문에는
내 옛모습이 보이고
소녀는 따개비 속에 몸을 감추었다
삶은 오래 전에 흘러갔다
아무것도 없는 야구글러브 속에 옛사랑을 잡으려는
게가 내 빈손을 휘저을 뿐이다

중국 조선족 여성 백일장

여러 해 전 김승옥 소설가와 함께

연변에 다니곤 했다

조선족 여성들 모여 한글로 글을 쓴다고

기차를 타고 몇 날 며칠을 왔다고 했다

보름을 걸려서 온 여성도 있었다

나도 경편硬便 열차를 타고

선양, 창춘으로 수수밭을 지나곤 했다

딱딱한 나무 침대 3층에 누우면

바람은 비비悲悲 울며 불어오고

머나먼 만주 벌판

구름 속 달빛이 나타나

송화강, 목단강을 비추며 하얼삔에 이른다

수수밭 아른거리는 저 달빛에

황조가, 공후인의 옛 노래 들려오는 우리 땅

앞사람 얼굴도 달빛에 물든다

'밀밭길'의 목월木月 나그네

선생님은

'윤사월 뻐꾸기'를 데리고

'구름에 달 가듯이 가는 나그네'였습니다

그래서 저 역시 연세대학에서 시를 배우며

나그네가 되었습니다

시를 배우는 길은 홀로 나그네가 된다는 뜻이었습니다

즉, 실존實存의 길을 간다는 뜻이었습니다

결코 도달 못하는 머나먼 길을 간다는 그 뜻

그래서 선생님은 '밀밭길'을 갑니다

뻐꾸기는 송홧가루 사이로 몸을 감추었으나

나그네는 뻐꾸기 울음소리를 듣습니다

시는 그 꼬리에 숨이 붙어 노래합니다

그래서 뻐꾸기도 나그네가 됩니다

밀밭길까지 나그네가 됩니다

'순수를 겨냥'하는 박남수 시인 선생님

선생님은 포수가 되어 매양 순수를 겨냥하지만

떨어지는 것은 한 마리 새라고

나를 가르칩니다

나는 선생님의 '뙤약볕' 아래

새가 되리라 합니다

'뻘밭'을 헤어나와 날아가리라 합니다

날개는 지느러미가 되고 방패가 됩니다

서울에는 선생님의 시가 경음硬音으로 뜹니다

나는 선생님이 남미南美로 가서

생선장수가 된 게 사실인지 묻습니다

아마도 순수를 찾아간 거라고

말하고 싶지만

선생님의 발치에 매양 떨어지는 것은

한 마리 물고기라고 말해야 하기 때문일까요

이게 시라는 것일까요

거제도 포로수용소의 김수영 시인

김수영 시인도 갇혀 있었다던
거제 포로 수용소를 지나며
서울 다방에서 내게
시를 보여달라던 그를 생각한다
지금까지도 나는 그에게
시를 보여주지 못했다
먼발치에서 그를 보았을 뿐이다
그의 거친 시가 거칠지 않아서
내가 포로가 되겠기 때문이었다
거제도 전체에 그가 눈에 불을 켜고
나를 보고 있었던 것이다
2019년 요전에 그의 기념관이 문을 연다기에
정희성 시인과 가서
반가워하는 그 여동생 김수명을 만났으나
몇 마디 인사말만 하고 말았다

'이 강산 낙화유수'의 이원하 소설가

그 마지막 전화는 어디서 왔을까

지금 처지로는 내게 나타날 수 없다는 것이었다

사정은 내내 좋아지지 않았던 모양

그는 어디론가 사라졌다

중국이 홍콩을 접수하는 사건을

그냥 앉아서만은 볼 수 없다고

애초에 떠난 그였다

인천 문학산 요양원에서 비롯된 로맨스는

그렇게 끝났다

로맨스가 그를 버렸다

그렇게 사라져서는 안되는 것이었다

그는 내 동료였지만 어쩌면 선생이었다

겨우 단편 몇 편으로 끝낼 그가 아니었다

이형, 지금도 여기 기다리는 사람이 있다오

'쏭바강'의 박영한 소설가

영한이,
어느날 어스름녘 네가
빵모자를 깊숙이 눌러쓰고 집에 왔었다지
그리고 얼마 뒤 너는 세상을 아예 떠났다
이게 될 말이냐
'금정산이 둘러싼' 초등학교와 '백양로'의 대학
우리는 함께 다녔는데
그렇게 간다는 게 웬말이냐
슬픈 고엽枯葉과 같이
월남에서 얻은 죽음의 그늘
쏭바강은 어디에 있느냐
늘 쓸쓸하고 용감했던 박영한,
프렌치코트 차림으로 멀리멀리 가기도 했던
그 발길 지금은 어디에 있느냐
'고원에 달이 떴다'는 문장은 어디다 두고
너는 어디에 있느냐
우리는 어디에 있느냐

'산정묘지'의 조정권 시인

정권이,

그대가 시집 〈산정묘지〉를 쓸 무렵

우리는 대학로를 거닐었지

그대가 떠났다는 이 저녁

그대와 함께 갔던 장욱진 화백의 주막에 나는 있네

오래 전 시인이 되자던

그날의 젊은 약속을 다시 앞세우며

우리 많은 날들을 생각하네

그 약속은 우리에게 구휼救恤이었지

잊을 수가 없는 시인의 밥그릇이었지

정권이,

우리 함께 시인이 된 지도 오래인데

그런데 지금 어찌하여 그대는 어디에도 없는가

'산정'에서 새날을 기약하고 있는가

그대는 정녕 떠났단 말인가

'겨울 속의 봄 이야기' 박정만 시인

안산에서 배를 타고 나간
무인도에서 그를 추모한다
42세에 가버리다니
모두들 술에 젖는다
"윤형 술 조심해." 말하더니
그는 영영 어디로 갔단 말인가
무인도 기슭에는 소라들이 온통 붙었는데
당신이 무인도가 된다
정상에 원추리꽃은 우리를 맞아 피어나고
그대 노래는 물결과 함께
어디론가 휩쓸려간다
겨울이 아니다 봄이다 그러나 겨울이다
그대가 가버리니 봄이 겨울이다

'코끼리' 그림의 김점선 화가

코끼리 한 마리와 꽃송이 몇 그려놓고
김점선은 내게 말했다
"둔황 같아요."
나는 "그렇군요." 대답했다
2019년, 김점선이 간 지 10년이 되어
나는 둔황을 다시 생각한다
그녀는 어디에도 없는 것인데
그곳에 있는 것이었다
그곳 같은 곳은 어디에도 없는 것인데
서촌 길은 그곳을 알려준다
'문학비단길' 지나는 골목에서
그녀는 상아를 가다듬어
둔황에는 실제 없는 코끼리 모습
벽화를 하늘에 그리고 있다

'화살의 꽃' 김형영 시인

1 꽃을 찾아 가는 시인

1965년 미아리 언덕길에서 처음 만난

그대는 부안에서 방금 왔다고 했네

긴 머리를 가다듬으며

시골티를 벗어나려고 힘쓰는 얼굴

나중에 '수평선'을 바라보며 '화살'을 날리는

그대가 이미 거기 있었지

장례식장에 나타난 장사익 가객이

'꽃구경'에서 노래했듯이

그대는 어디서든

꽃이면서 '꽃을 찾아서' 가는 청년이었네

그러니까 '꽃을 찾아서' '화살'을 날리는

그대가 저 먼 세상에서

삶을 탐구하고 있네

온몸을 의술醫術에 주고 떠난 친구,

친구여

2 꽃과 화살

눈을 감으면
멀어진 과거가 살아온다
꽃은 살아 있고
그 속에 열려 있는 그대 눈동자
부안에서 석정 선생의 촛대를 들고 나타난 그대
내게 개불알풀이 어느 거냐고 묻는다
안양천 가에서 보았다는 꽃
예전에 빈대와 싸우며 시를 쓴 방은
보랏빛으로 꾸며지고
그대는 이제 꽃을 꽂고 다니는 시인
꽃을 화살로 만드는 시인

3부

비단길 편지

용문산 풀꽃

그 산기슭에 무슨 풀꽃들이 있는지

이름을 받아 적는다

어느 여름날 갔던 산골짜기에서 가져온 산수국은 물론

무릇과 까치수영도 웬만한 것들이다

다만 언젠가 꿈에서 보았던

이름 모를 꽃은 어디에도 없다

꿈의 저쪽에 숨어 말없이

꽃을 피우고

내 마음을 내보이던 모습

나는 그 모습을 좇아 어디론가 달려가고 있었다

혹시 내 모습을 잊어버릴지 몰라

이름조차도 잊어버릴지 몰라

조바심을 내며

나를 놓치지 않으려던

마음속 그 꽃

로댕과 릴케

로댕의 화실 마당에
불상이 놓여 있었다고 릴케는 말한다
그 말에 나는 인사동으로 가서
박종민 조각가의 작은 대리석 불상을 구한다
조금이라도 로댕의 생각을 배울까
그리하여 로댕이 〈생각하는 사람〉에게 불어넣은 생명을
나도 얻을까 하는 것이다
모든 모습은 생각을 낳는다는데
생각이 철학을 낳아 세상은 영혼을 갖춘다
그리하여 릴케도 그 세상을 얻었구나
〈두이노의 비가〉가 있고 〈말테의 수기〉가 있구나
어느날 나를 싣고 갈 배가 노를 저어 오면
나도 내가 쓴 글을 싣고 가야 한다

⟨넙치⟩의 계절

⟨양철북⟩을 읽고 ⟨개들의 시절⟩을 읽고
이어서 ⟨넙치⟩를 읽었다
귄터 그라스라는 이름이 다가온 여름이었다
그때까지는 하인리히 뵐의
⟨그리고 아무 말도 하지 않았다⟩에 빠져서
번역한 전혜린도 보고 있었다
나는 역앞 길을 지나며
'그리고 아무 말도 하지 않았다'고
혼자 중얼거렸다
그런 다음 귄터 그라스였다
내게 그를 말하던 평론가 이경수는 어디로 갔을까
원광대학으로 간다고 내려간 그를 나는 기다렸다
그러나 그는 어디론가 사라졌다
소식조차 끊어졌다
지금도 수조에 엎드린 넙치를 보며
나는 그를 기다린다

서촌풍경/거동 수상자

가까운 길을 일부러 멀리 걷는 버릇을

배운 사내가 있었다

토끼와 거북이의 걸음으로 걷는다고 했다

다른 사람은 잘 모르는 골목길로

새 신발이 해지도록 걷는다고 했다

'폐벽에 끄름'이 앉은 사내라고 했다

통인시장 혹은 그 맞은편

'아해'와 같이 새로운 삶을 보려고

'거동 수상자'로 어디론가 달려가고 있었다

그래서 사내는 여기저기 죽음의 사랑을 남겼다

죽음이자 삶이었다

하늘에는 항상 커다란 검정 새 한 마리

'이상!'이라고 이름 부르며 그를 내려다본다

서촌 풍경/문학비단길

고갯마루 윤동주문학관을 지나면
예전 자하문 밖 자두밭이다
어느날 환기미술관에서 김향안여사가
자그마하게 서서 우리를 맞이했다
서정주 시인이 보안여관에 '시인부락'을 꾸리고
소설은 멀리서 손짓하는데
그것이 어디 있느냐고
눈을 가늘게 뜨면
창성동 문학비단길에는
살구나무 두 그루, 으름나무와 히어리 한 그루씩
여러 해째 꽃을 피웠다

서촌풍경/윤동주네 우물

연변 용정의 윤동주네 집에 있던 우물 하나
한 편의 시처럼 하늘을 바라고 있던 우물 하나
자하문 고갯마루의 윤동주 문학관에 옮겨와
자리잡고 있었다
얼굴을 비춰보게 놓여 있었다
1965년 용정에 가서 나도 들여다보았지
그 깊이에 시인은 고개를 숙이고
만주 벌판을 헤매고 있었지
어디로 가고 있는가
나 또한 그를 뒤따라 어디로 가고 있는가
내 물음은 우물 속을 헤매고 있었지
내 얼굴은 우물 속을 헤매고 있었지

서촌풍경/능소화의 소설

능소화덩굴이 벽을 타고 올라가며

꽃이 활짝 피어 늘어지고

나는 10년 넘게 이 자리에서

소설을 말한다

소설이 무엇이냐고 누군가가 물으면

'소설은 없다'라고 다른 대답을 하는데

막막한 인생

몇 십 년을 되돌아본다

능소화가 여름꽃이던가

벌써 70대 중반의 인생

행복을 들려줄 때도 되었건만

능소화 아래 서서

세상 떠난 친구들만 눈에 그린다

그걸 소설에 쓸 수 있을까 아득하기만 한데

능소화는 밝게 밝게 깊게 깊게

피어나고 있다

서촌 풍경/새로운 인생

잭 케루악을 읽던 시절이 있었다

그래서 '길 위에서' 2층 카페의 주인은

맥시코에서 본 이구아나처럼

히비스커스 꽃잎으로 붉은 칵테일을 만든다

〈천변풍경〉을 쓰던 시절이 있었다

나는 한 잔의 커피를 마시고

'날개'를 청계천까지 펼친 채

막다른 골목들을 지나왔다

모든 순간들이 새로운 인생이다

강릉에서 온 테라로사를 지나

광화문을 바라보는 동안

마음에 담는 한 글자, 한 글자, 한글,

늘 경이로운 새로운 인생

이구아나가 먹는 붉은 꽃잎이 짙어지는 시간

서촌 풍경/고래 동인

강은교, 김형영, 윤후명, 정희성,
이름을 불러본다
서촌에서 시를 이야기하는 시인들
1960년대 말에 만나 '고래'라는 새로운 이름 아래
다시 동인으로 만난 시인들
그동안 세월이 얼마였는가
아득하게 살아온 발걸음이
서촌에 이르렀다
떠돌며 살면서도 시 하나 붙들고
오직 그것으로 뜻을 세웠다
삶을 확인하는 만남
고래처럼 바다 위로 솟아올라
깊은 숨을 쉬며
곤두박질치기도 마다않으려고

서촌 풍경/한글 마을

지난 세월 어떻게 살아왔느냐

묻지 않는다

소득 백 불 시대의 대학 때로 거슬러오른다

그래도 글이 있었다

그래서 살아왔구나, 우리들

이제 세종대왕이 태어났다는 팻말이 있는 동네에

드디어 이르렀다

그동안 백 불에서 천 불, 만 불, 3만 불까지

가,나,다,라,마,바,사……

한글은 내 곁에서 나를 지켜주었다

서촌을 걸으며 내 모습을 본다

내가 있게 된 까닭을 세종대왕은 지켜주었다

가,나,다,라,마,바,사,아,자,차,카,타,파,하……

지켜주었다

서촌 풍경/사랑을 말하는 한글

길을 헤매다 마침내 다다른
남녀들이 부둥켜안고 있다
헤어짐의 시간이라고 알리는 만남
삶이란 이렇듯 헤어지다 가는 것
희미한 체온으로 무엇인가 그리워한다
몸이라고 하기에는 헤어짐은
양파처럼 껍질이 쉽다
양파꽃 피는 중앙아시아 고갯길
멀리 갔었다 해도
양떼처럼 돌아와 겨울을 맞는 남녀
그대의 가장 아름다운 부분은 뼈라고
그리움을 풀어헤친다
한글로 헤어짐을 말해야만 완성되리라
그리움이란 뼛속에 감춰져 있기에
닿소리 홋소리를 읽으며 서촌에 선다

서촌 풍경/훈민정음

'세종대왕 나신 곳'

팻말을 볼 때마다

한글은 어떻게 만들어졌을까

이 쉽고 아름다운 글자를 누가 어떻게?

드디어 영화 〈나랏말싸미〉를 보고

신미스님을 알게 되었다

세종임금의 뜻을 받들어

한글을 만든 그가 있었다

산스크리트 몽골어 실담어 등 모두 아울러

입과 혀와 목구멍의 모양새를 글자로 나타낸

그가 있었다

그 소리가 산과 들과 내를 지나

하늘에 이르도록 속속드리 나타내며

드디어 사랑을 말하는 글자

꽃이 열매가 되고(꽃됴코 여름하나니)

그 가운데 사랑이 자리한 글자

신미스님이 세종임금을 도와 만들었음을

알게 되었다

아름다움이 거룩함이 되는 글자를 만든

이들이여

이곳 여기에 이르렀도다

서촌 풍경/길담서원의 한뼘화랑

길담서원의 한뼘화랑에서
'엉겅퀴 상자' 전시회를 열었다
상자마다 피어난 엉겅퀴꽃을 바라보며
먼 들판으로 간다
엉겅퀴꽃이 벌과 나비를 부르면
나는 작은 집 한 칸을 짓는다
아무도 없는 곳에 누워 홀로
하늘을 바라보려 함이다
이 세상에 태어나
무엇을 하려 했을까
주인 박성준 선생은 묻는데
들꽃 우거진 풀밭이 내 고향이라고
엉겅퀴 꽃송이들 피어
더 무슨 욕심이냐고 나는 대답한다

서촌 풍경/경복궁 옆길

길을 흘러가는 젊은이들
'역사 책방' 앞에서
역사가 무엇인지 바라본다
그 옆길 보안여관에서는 젊은 시인의
목소리가 무엇인가 주워담으며
'시여, 침을 뱉으라'고 읊는다
이 길목에서 역사와 예술은 꽃피었는데
내가 한 것은 무엇이었을까
필스너 우르켈 맥주병 몇 개를 들고
찰나의 삶을 몸부림쳤을 뿐
이제는 알콜도 어디론가 증발하고
모든 것이 떠돌다 간 다음
모든 것이 흐르다 간 다음
뒷모습 떠가는 구름으로 옷을 짓는가

서촌 풍경/인왕산 산문 밖

인왕산 산문 밖을 나와
오늘도 경經을 설하는
황충상 작가의 깊은 숨소리
스님으로 탁발하던 때를 떠올린다
서촌의 시장 바닥을 한 바퀴 돌던 목탁 소리
그의 얼굴은 상기되어 인왕산을 돌아본다
예전 호랑이 나타나던 산중 암자는
지금 헐어졌어도
선승禪僧을 따라 세상 행복을 빌어왔다고
문득 적막한 시간에 빠져든다
지난 50년 세월에 우리
할 말 잃은 만남 있었음이다

서촌풍경/'아로이 타이'를 읽다

열차는 '똠냥꿍'을 말하며 달려간다
강물을 끼고 벼랑 옆에서
기적을 울린다
시골 마을 멀리
인도차이나는 비에 젖고
예전에 말을 끌고 갔다던
학병도 어디엔가 쉬고 있을 듯하다
부처의 모습은 저 마을에 그림자를 던지고
나는 내 꿈을 어루만진다

서촌풍경/아직 봄이었다

윤사월 해 길다 진종일 뻐꾸기가 울었다
서촌 맹학교 길에서 종종 마주치는
눈먼 처녀사
나와 함께 떠나려 했다
나도 봄이면 늘 내 꿈속으로 떠나려 했다
그래서 뻐꾸기 울음은 물음이 된다
낡은 가죽 트렁크에 뻐꾸기 둥지를 꾸리고
떠나던 날은 언제였냐고
그런 적 없다고 몇 번이나 말해줬지만
아직은 뻐꾸기 우는 봄이었다
나는 꿈속으로만 가고 있었다
그러니 뻐꾸기는 묻고 있는 것이다
울고 있는 것이다
아직은 봄이었다

그가 없는 등대

그곳에는 등대가 없다고
알려왔다
그럴 리가 없는데
나는 먼 바다를 그리워한다
그리운 것은 바다가 아니었다
배를 타고 떠난 그였다
아마 큰 바다에 찰랑이는 여(嶼)를 지나고
해협을 지나
어느 항구의 뒷거리에서
햇누룩을 빚고 있을까
하지만 그는 이제 세상에 없다고
누군가 말했다
등대가 없다고 해도 곧이듣지 않느냐고
그는 돌아올 수 없다고
그는 돌아올 수 없다고

벌레의 모습

꽃을 말하는 사람들이 있다
열매를 말하는 사람들이 있다
그러나 나는 한 마리 벌레를 말한다
한 줄기 바람도 벌레라고 말한다
꽃에서 열매까지 벌레가 가고 있다
그래서 바람이 부는 것이다
삶을 나타내려는 것이다
그것이 사랑이라고
그것을 알려고 나는 한 줄기 바람을 따른다
벌레들의 날갯짓을 따른다
날개는 내게 삶을 노래하고
살아 있는 모습을 알려준다
바람처럼 살아온 일생이었다

카프카의 골목길 1

필스너 우르켈 맥주를 한잔 마시며
프라하의 뒷거리에서
카프카를 생각한다
그림자를 길게 늘이고 그대는 K라고 쓴다
우묵한 눈가에 보헤미아의 불빛이 비치면
K를 지운다
모든 걸 없애달라고 부탁한다
나는 나를 지우지 못해 밤새 뒤척인다
브르노대학에 잠시 적籍을 둔 나는
그 뒷거리에 글 한 줄을 남긴다
K, 그대는 카프카가 맞느냐
오늘 밤 성밑에 누워서 묻는다
나는 나를 지우지 못하고
잠자리를 뒤척이며 여기에 이르렀다
K, 그대는 나를 어디로 데려가고 있느냐

카프카의 골목길 2

카프카는 변신한다
나도 변신한다
새로운 모습을 향한 몸부림이 나를
새로이 만들려 한다
새로운 자기를 만드는 길을 찾아야 한다고
카프카는 프라하를 떠난다
지금 카프카는 프라하에만 있지 않다
서울 서촌의 길에서
나와 함께 걷는다
변신하지 않으려고 두려움에 헤맸던 나의
옛 모습을 알고 있기에
카프카와 함께 나란히 서는 것이다

둔황의 이인李仁 화가
—비단길 편지 1

이인李仁 화가가 둔황을 가자 한다

투르판까지 가자 한다

이미 갔었지만

작품에 그 바람 한번 쐬면 어떻겠느냐는 것이다

'작품에 그 바람'이라는 어록語錄을 듣자

나는 눈을 감고 먼 세계를 본다

낙타 눈동자, 청포도, 투르판 장식거울

터키 계통이라는 위구르어語에

나는 나를 위장하고

문명사회를 벗어난다

진정코 살고 싶은 것이다

지난번 바람 속에서는 새머리에 사람몸 무리를 만나

돌사막 무덤 속으로 갔었다

그 무서운, 새로운 세계로 다시 가는 것이다

그것이 다시 살아남이라고 믿는 것이다

비단길에서 온 편지에는

새머리 사람이 나타났다고 씌어 있었다

사막의 능선을 보면
—비단길 편지 2

새벽에 시안에서 비행기를 타고 란조우로,

드디어 둔황 가는 길

성 밖 황량한 사막에

낙타들이 무릎을 꺾고 모여 앉아 있다

여기서부터 서역입니다

대추야자와 청포도가 익어간다

나는 용케도 살아 이곳까지 왔구나

죽을 고비도 여러 번 있었다

그러나 그때마다 솟아날 구멍은 있었던 것이다

둔황에 가서 사막의 능선을 보면

그 까닭을 알 것 같았다

까닭을 알아야 마지막에 이를 것이었다

가고 싶은 길
―비단길 편지 3

알마티로 이름을 바꾼 알마아타

알마는 사과, 아타는 아버지라는 뜻

우름치로 가는 비행기는 여전히 매일 떴다

언젠가는 가고 싶은 길

파미르 고개를 넘어가겠지

둔황으로도 가겠지

나는 공원 화랑에서 사과 그림을 사서 간직한다

아바이 동상 밑을 지나며

아마도 우리 족속이겠지 되뇐다

함경도 북청 물장수의 아들인 아버지

일찍이 연해주에서 쫓겨온 우리 민족의

시장 반찬가게 아주머니도 함경도 말을 한다

아즈바이 이거 사시기요

눈물겨운 반가움에 겨워 고개를 돌린다

병령사炳靈寺
―비단길 편지 4

뜻밖에 배를 타고 병령사炳靈寺로 간다

석굴 사원에 불상은 단아하게 앉아 있다

강물은 깊게 흐르고

세상과 동떨어진 골짜기는 나를 불러앉힌다

저 물을 건너

다시 비단길을 갈 수 있을까

이곳이 어디인지 알 길이 없어

다만 부처가 온 길이라고

지도를 볼 수밖에 없다

이런 곳에 자리잡은 옛 수도승은 누구였을까

나는 비단길이 가리키는 대로

발길을 옮긴다

비천상飛天像
―비단길 편지 5

열차로 둔황에 도착했다

예전의 '슈샤인 보이'가 그대로 있었다

구두를 닦고 시가지로 들어가

'막고굴莫高窟' 돌산을 오른다

수많은 불상과 벽화가 비천상飛天像의 세계를 연다

비천상이 옷깃을 날리며 연주하는 피리와 생황의 서역악

西域樂은

언제까지나 귓전을 울리는 듯하다

드디어 혜초의 〈왕오천축국전〉이 숨겨졌던

동굴에 온 것이다

그 안에서 동서양은 함께 만나

어우러져 노래하며 춤춘다

돌산 속에 저리 많은 하늘세계가 있건만

나는 어디로 헤매왔는가

뜻 높은 '막고'를 거기에 붙여본다

사막에 내려온 달
—비단길 편지 6

낙타를 타고 월아천月牙泉을 지나
명사산鳴沙山이다
능선이 날선 모래산이다
그 위를 오르며 나는 귀를 기울였다
옛 이야기대로 명사산은 과연 우는가
사연이 담겼을 듯한 고요가 밀려온다
저것이 울음인지 모른다고 생각한다
명사산의 고요는 무슨 사연을 담고 있을까
그 속에서 나는 내 과거를 찾는다
누구나 과거는 고요 속에 잠겨 있다
묻혀 있는 고요도 어떤 것은 날이 서 있다
살아서 숨죽이고 있기 때문이다
낙타는 과거 소리를 듣는 듯
되새김질하며 앉아 있다
월아천을 사막에 내려온 달, 이라고 불러본다

사막의 새
―비단길 편지 7

로마에서 그리스, 페르시아를 거쳐

인도에 이른 길을 짚어본다

혜초가 고향 '계림鷄林'을 바라보는 눈길이다

어느날 홀로 위구르족의 샤오치푸小吃部 구석에 자리잡고

차이茶 한 접시와 술 한 병을 시킨다

살아온 모습이 두더쥐같이 구차했으니

이제는 새가 되렴

동굴 벽화에 그려진 고구려 사신처럼 조우관鳥羽冠을 쓰고

한 마리 새가 되렴

그러나 사막의 새는 머리를 젓는다

신라 고분에서 나온 로만 그라스를 보시오

고향의 글자를 사랑하시오

몰랐던 구절을 보며 사랑하시오

향가鄕歌를 한 수라도 지으시오

혜초의 말이라오

눈물이 소리 없는 향가가 된다

당나귀의 길
―비단길 편지 8

이곳에 살면 어떻게 될까

당나귀를 따라간다

천축天竺의 나라들을 돌며

알 수 없는 삶을 살고 싶다

혜초 같은 구도求道 길이 아니어도 좋을 것이다

칼 든 사람이 양의 배를 가르고 있는데

사막 위로 금빛 새가 날아가면

'알리바바와 40인의 여도적'을 보고 돌아오던

동두천 밤길로 암전暗轉,

한 순간에 60년을 당나귀가 펼친 것이다

'당나귀는 아니 올 수 없다'더니

환상의 '아라비안 나이트'를 보여주는 것이다

그러므로 나는 누항陋巷에 살고 있다

멀리, 멀리, 멀리……
一비단길 편지 9

많은 사람들이 오간다

말을 타고, 당나귀를 타고, 낙타를 타고,

머리 큰 사람, 눈 큰 사람, 코 큰 사람, 귀 큰 사람, 입 큰

사람,

나는 맨뒤에서 그들을 따른다

그리움을 간직하고

하나의 모습을 보려고

산과 바다와 들과 내와 모래땅을 거쳐

다만 봄으로써 기도가 되리라 하고

멀고 먼 길에 선 것이다

그리움이란 사랑의 본모습

봄으로써 확인하리라 하고

멀리, 멀리, 멀리……

별을 보며 새벽길에서 밤길까지

멀리, 멀리, 멀리……

사막의 청포도
—비단길 편지 10

외로움은 안으로 향하고

그리움은 밖으로 향한다

사막길에서 청포도를 본다

청포도는 안과 밖의 사실을 내게 가르친다

낙타도 청포도를 씹는다

맑은 청포도 알 속에

나를 담으면

외로움과 그리움이 과즙이 된다

돌산 밑 천막 가게에서

청포도를 팔고 있다

땡볕이 청포도 알 속에 들어가 있다

맑은 외로움, 맑은 그리움이다

사막의 하늘이다

폐쇄병동에서 나오다
—비단길 편지 11

폐쇄병동에서 나와

비단길로 향했다

'자멸파自滅派'라고 불렸던 몽롱한 시절

다시 살아갈 수 있을까

구도자求道者 같은 몸가짐으로

다른 길을 걸을 수 있을까

알콜의 세계를 휘청거리다가

다른 세계를 찾아서 새롭게

걸어야 한다

모르는 길의 자화상을 찾아 그리고 싶은 시간

중앙아시아 고원을 거쳐 우랄 산맥을 넘어

모든 산과 바다가 만나는 비단길

어디엔가 있을

진정한 나를 그리고 싶은 시간

사막의 향기
—비단길 편지 12

사막의 언덕을 오른다

언덕이 움직인다는 생각은 틀린 것인데

그렇지 않았다

그것은 코끼리가 되고

그것은 고래가 되어

발밑의 땅을 움직여가고 있다

오래 전 서해안의 포구에서 돌고래 꼬리를 가져와

벽에 걸어놓았던 그 무렵

돌고래 꼬리는 외로움이었다

외로움이 바닷물결을 가르며

내 가슴결을 가르며

바다를 움직여가고 있었다

그 고래가 사막길을 가고 있다

고비사막의 코끼리였다

이번에는 향유고래, 인도코끼리였다

사막의 향기가 번지고 있었다

쿠처龜玆의 사랑
―비단길 편지 13

둔황, 로란을 지나 쿠처로 가는 길

길가에서 악기를 연주하는 사람들

이혜구李惠九박사가 그곳 음악 구자악龜玆樂을

우리 음악의 원조라고 했기에

나는 소리에 귀를 기울인다

당나귀도 긴 귀를 쫑긋거리며

수레바퀴 소리를 듣는다

현絃과 각角이 울리고 삐걱거리는 바퀴 소리는

음악이 된다

어디론가 떠나가는 수레의 소리

가다가 모래바람에 온몸이 파묻히는 소리

고구려 유리왕의 〈황조가黃鳥歌〉가 들려온다

나는 구자악을 듣고 사막을 건너와 서울 서촌에 이르렀다

온몸에 밴 모래바람에서 그 노래가 흐른다

나는 그리움의 갈피를 헤아린다

사과밭 북상北上

올해 겨울은 한결 따뜻했다
누구는 우리나라가 아열대가 되리라 한다
누구는 지구의 종말이 다가오리라 한다
시베리아 동토에 묻혀 있던
매머드가 모습을 나타낸다는 것이다
나는 그대와 함께
봄의 꽃을 기다리며
아열대의 동토를 간다
발목이 이끼땅에 푹푹 빠지고
함께 살아온 세월이 미끄러진다
세월은 저쪽 뒤로 한참을 지나고
사과밭이 북상北上하고 있다

애벌레의 새벽

도르르 몸이 말려서
바닥에 떨어지면
먼 데서 온 이름 모를 소녀가
이슬방울 속으로 들여다본다
애벌레의 초록빛 흰 더듬이는
말라서 터럭이 된다
오랜 시간 마르면
터럭 끝에 사랑이 보인다 한다
근육이 홀쭉한 늙은이가 비틀거리며
"이젠 갈 때가 되었지"
희미한 웃음을 홀로 머금는 새벽이다

사람주나무의 이름

이 알 수 없는 나무 이름을 들은 지
30년
그래서 못 본 건 안 쓰리라 한 지
30년
아직도 못 보고
겨울 아침 하는 수 없이 이름을 써본다
사람주나무,
아 이런, 하면서 나를 본다
나이 여든으로 가면서도
아 이런,
아나키스트도 못 되고
그래도 지구는 돈다, 하면서
무슨 소린지 비명도 지르지 못하고
달팽이처럼 세상을 떠돌았다
이 아침, 부끄러워 사람주나무 이름만
기어드는 목소리로 불러본다

동래에서 만난 연꽃
—2020, 사일구 기념식에서

내 어릴 적 부산 동래 연못에서 만난

연꽃 꽃송이를

다시 만나러 가네

헤어진 지 얼마나 오래인가

그 봄날 뻘 속을 뒤져 연뿌리를 캐던 사람들

염화미소 몰라도 연꽃을 피우듯 인생을 말하네

하지만 나도 말하네

만났으면 이미 인생이라고

아무것도 헤어지지 않는다고

태어났으니 만남은 계속된다고

죽으면서도 만남은 남아 있다고

어느 길목 어딘가에

연꽃 향기로 남아 있다고

쿠바 이야기 1
―말레콘의 헤밍웨이

아바나에서는 방파제 말레콘으로 가서

카리브 바다를 본다

시장에서 집어든 화가 다닐로의 그림에는

양을 끌고 가는 사람도 있지만

실체는 없다

쿠바는 실체 없는 환상으로 이루어진 섬이다

그러나 헤밍웨이의 집에 걸려 있는 커다란 사슴은

벽에서 대가리를 내밀고

나를 내려다본다

여자들 퀭한 눈으로 내다보는

뒷거리의 술집으로 가면

말레콘에서 내가 끌고 온 양 한 마리

헤밍웨이의 술을 대신 권한다

쿠바 이야기 2
—말레콘 카페

주문진이 바라보이는
강릉 바닷가 앞길 카페
〈도깨비〉 드라마를 찍던 그 길을
아바나 말레콘이라고 부르고 싶었다
낯선 곳에 가면 늘 그랬다
그것이 지구의 일이라고
그것이 문학의 일이라고
그것이 나의 일이라고
오래 전 끊은 술을 마시는 내가
말레콘 카페에 홀로 앉아 있었다

쿠바 이야기 3
—아바나 시가

아바나 시가를 피워 물고

혁명 광장의 시인 호세 마르티 동상 옆에 선다

이제 세상을 이야기하기엔

지구는 너무 늙었다

다만 연기와 함께 그을은 이데올로기를

과메기처럼 뜯으며

사랑하는 사람 고국에 둔 채

낡은 혁명 깃발에 눈을 의심한다

이게 뭐냐고

고국에 전화 한 통 못하고

카리브 산호 바다의

청람색 눈물 띄워보낸다

지구 늙었어도 그대 늙지 말라고

세상 말 대신에

사랑 말 하자고

혁명 광장의 시인 호세 옆에서

그의 〈관타나메라〉 시를 떠올리며

아바나 시가를 피워 물고

오래오래 멀리멀리 보라고

지구처럼은 늙지 말라고

쿠바 이야기 4
—한국어

쿠바인 안내자 청년은 김일성대학에서

한국어를 배웠다고 했다

외교관인 아버지를 따라

평양에 가서 대학을 다녔다는 것이다

헤밍웨이가 〈노인과 바다〉를 쓰려고

배를 탄 작은 포구로 안내한 것도 그였다

그리고 높은 나무에 화염처럼 붉게 핀 꽃을 가리키며

이름이 후람보얀이라고

가르쳐주었다

쿠바 이야기 5
—체 게바라

체 게바라는 수염을 기르고 베레모를 쓴 채

아파트 바깥 벽면에서

모두를 노려보고 있다

안데스 산맥에서 그가 잡혀 가던

산모퉁이 길을 기억한다

우리 모두는 어디론가 잡혀 간다고

그는 말하고 있는 듯하다

꿈꾸던 혁명을 이루었을까

아바나 시가와 시집 노트 사이에서

그는 오늘도 모든 걸 바꾸자고

주먹을 불끈 쥐고 있다

흩날리는 담배연기도 시와 혁명을 말하고 있다

묶인 채 총알을 맞은 그는 들것에 실려 가고 있다

쿠바 이야기 6
—발코니의 빨래

낚시꾼들은 배를 타고 떠나고

아바나 요새의 대포는

바다를 내려다보고 있다

나는 포신을 쓰다듬는다

카리브 바다는 무지갯빛 띠를 두르고

옛 해적들 배의 닻을 어루만진다

조용해진 서인도제도의 풍랑을 넘어가며

라디오에 나오는 카스트로의 목소리

에메랄드 바다는 다시 진초록빛으로 변하고

나는 낡은 집들의 지붕 위로 시가 담배 연기를 날린다

발코니에 빨래가 돛처럼 펄럭이면

나도 어디론가 떠나야 한다

쿠바 이야기 7
—'대항해'의 시대로

멕시코의 칸쿤을 떠날 때부터

나는 무엇을 보려 했을까

치첸잇사의 피라미드를 지나

카리브 바다에 몸을 담그니

벌써 쿠바는 가까웠지

이구아나의 모습은 여전해서

나는 그 고기 스튜를 먹으려 했지

순간, 아바나 거리에 난데없이 나타난

'세계청년축전'의 한글 포스터

여러 해 전에 한 여학생이 평양으로 갔던

그 행사를 본받아 열린다고 했지

산호초가 있는 저녁빛의 바다를 바라보며

'대항해'의 시대를 거슬러오른 듯

바다 아닌 무엇을 보고 있었지

쿠바 이야기 8
―시 쓰는 소년

'부에나 비스타 소셜클럽'은 어디선가 노래하고

알 카포네의 별장은 어둠에 싸여 있다

어두워지자 우리는 몸을 숙이고

원시 암각화 밑을 지난다

쉿, 이곳은 우리와 외교를 맺지 않았으니

일찍 들어가야 해요

마에스트라 산속을 가는 게릴라처럼

붉은 꽃잎을 입에 문 이구아나처럼

나는 몸을 움츠린다

한국에서도 움츠리고 살아온 나날

왜 그래야 했을까

시 쓰는 소년으로 평생을 보내왔건만

왜 그래야 했을까

4부

사랑의 힘

지심도 1

내가 다시 시작한다면

이곳에서 첫 발걸음을 떼리라

나는 결심했었다

드디어 그 날

나는 묘만妙蔓과 함께 이 숲속에 섰다

수원역에서 밤기차를 타고

심신이 병든 몸을 이끌고

이 섬에 온 것이다

이제 새로운 인생이라는 맹세를 되살리며

벼랑에서 태평양을 바라보았다

과거의 껍데기를 벗어던지고

새롭게 살아야 한다

새롭게 살아야 한다

지심도 2

벼랑 위에서
현해탄을 내려다본다
저 멀리 태평양으로 항해하는
화물선 위에 쌓여 있는 컨테이너들
꿈을 싣고 가는 것이다
빨갛고 노랗고 파란 꿈
나 또한 그 위에 올라앉아
둥근 지구를 돌아간다
태평양으로 뚫린 해도 위에
하얀 포말을 남기며
잔잔하게 반짝이는 물결의 현해탄을
둥글게 헤쳐간다
지심도를 싣고 태평양을 건너간다

수리부엉이

낙동강을 내려다보는 제분회사 옥탑방
수리부엉이는 머리를 숙이고 있었다
한낮은 아무래도 제 세상이 아닌 듯
눈꺼풀을 한참씩 내리고 뭔가를 생각하는 듯
목숨은 이미 내맡겼을까
눈과 발톱은 밤의 것임을 말하려는 것일까
지나온 밤의 세월은 어둠속에 파묻혀 있지만
고향으로 가는 길이었음을 말하는 부리
부엉이는 작은 방에 갇혀 퍼덕이고 있었다
오로지 밤으로만 가야겠다고
먼 숲을 바라보는 눈초리를 흐리고 있었다
숲속의 날개, 숲속의 눈초리가
이제는 어디론가 헤매고 있을 뿐
어디인지 모를 그곳을 향하고 있으니
나도 함께 밤으로 가야 할 것이었다

우포늪 따오기

우포늪에서는
따오기를 복원하고 있었다
오래 전 시청 앞에서
그 새를 잡아와 파는 걸 본 이래
눈에 선하던 모습
그때 따오기는 짚 올가미에 온몸이 묶인 채
눈을 깜박이고 있었다
따옥따옥 따오기 논에서 울고
그리운 그 세상
돌아오지 않을 그 세상
복원된 따오기가 그 세상을 불러올 수 있을까
따옥따옥 울며 옛날을 부를 뿐이 아닐까
잃어버린 세상의 잃어버린 따오기일 뿐이 아닐까

대관령 16

술지게미를 받으려고
수채로 내려오는 구멍에 주전자를 갖다댔지
그거라도 먹어야 했지
그 수채는 지금 어디 있을까
멀리 대관령을 바라본다
흐릿한 등성이로부터 육이오를 짊어지고
술지게미는 흘러오는 것일까
남대천 개울가에 놓여 있던 빨랫돌을 딛고
나는 여전히 주전자를 들고 있었지
수챗구멍은 어디론가 사라졌어도
그때 술지게미 한 주전자로
굶주림의 나날을 보낸 시절은 그대로 있지
지금도 그 시절에 쫓겨
대관령 그늘을 보고 있는 것이지

대관령 17

이제는 당나귀를 볼 수가 없다

노새도 볼 수가 없다

이들과 사귀어보기도 전에

어디론가 자취를 감추었다

사타구니의 그걸 기다랗게 땅바닥에 늘이던 놈이

당나귀였나 노새였나

다만 백석白石 시인의 시에서만

나타샤를 기다리던 흰 당나귀

응앙응앙 운다고 하는데

그러려면 둘이서 만나야만 한다

만나면 사라졌던 다른 놈들도 나타나리라

응앙응앙 울리라

놈들의 검은 눈망울이 슬퍼서 푸른 귀때기가 슬퍼서

나는 대관령 깊은 산그늘에 숨어야 하리니

대관령 18

대관령 목장 근처
중앙아시아 언덕길을 넘는 길이라고
나는 고개를 뺀다
홀로 날아가는 새는 눈알을 빛내며
먼 길을 날개 밑에 넣는다
어릴 적부터 가늠만 했던 나의 길
짐승들도 울음을 멈춘다
나는 날개도 없이
구름 위에 서서
지나온 삶을 더듬는다
길을 잃고 눈물을 훔치던 내가
지금 여기에 있는 것이냐
여기는 또 어디란 말이냐
내 눈은 더욱 흐려진다

대관령 19

강릉문화작은도서관의 명예관장이 되어
크고 깊은 고개를 넘는다
아흔아홉 구비 옛길에서 이제는 KTX 철길
고향을 떠난 지 70년 바라보며
다시 돌아와 문학을 이야기한다
소설가가 될 때 썼던 바닷가 이야기
어느 산기슭의 사랑 이야기
'적산'집은 어디론가 사라지고
어머니도 이웃집 어린 소녀도 이제는 없다
'도롱이집'이라 이름 붙인 양철지붕집
남대천 넘어 단오장터를 보는 곳
창포다리에서 '관노가면희' 배우들을 만난다
그 냇물에서 머리를 감던 어머니, 그리고 소녀
내가 여기 왔어도 그들 어디로 갔는지 몰라
이 사거리 낯설기만 하구나
방금 넘어온 대관령 멀기만 하구나

대관령 20

서부시장 옆 도서관 2층 끝방

나도 모르는 소설을 이야기한다고

여럿이 둘러앉았다

나도 모르겠다고 하는데

여럿들은 그 말을 받아 적는다

그 속에 어머니와 이모들이 멀리서 나를 부른다

작은 풍로에 꽁치 양미리를 굽는 아줌마도 있다

어서 먹을 걸 가져가야지

읍사무소 앞에 콩자루 인자 얼마 없어야

단오 가까운 오늘

감재적 하나 먹고 개울을 건너가야지

그래야 그네가 높다라니 오르지

모인 여럿들에게 소설을 말하려는

나는 그저 옛날 일만 눈에 어른거린다

흐려지는 눈이 새로운 소설을 보고 있다고

말하려는 순간이다

내 속에 인자 얼마 없는 그림자를 말하려는 순간이다

호랑이가 성큼성큼 걸어가고 있다

대관령 21

폐사지에서 먼 대관령을 뒤로 하여
사진을 찍었다
당간지주가 서 있는 사이로
내 어린 날이 있는 듯
소방서 첨탑에 올라 내려다본 임당동이 떠오른다
열아홉 살 어머니가 바닷가 해당화 꽃길을 지나
파도 속을 헤엄쳐 가기도 한다
긴 긴 세월 먹을 것 없는 끼니마다
그리움은 깊어지고
붉은 울타리콩꽃이 덩굴 마디마디 피어난다
"그때 버리고 떠날 걸 그랬어."
피난길에 나를 살린 어머니 푸념이 나오면
불효의 나는 공연히 아흔아홉 구비
산길을 바라보는 척했다
사진에 그게 나올까
나는 아득하기만 했다

대관령 22

강릉으로 오가는 길은

비리고 아린 것만이 아니네

대관령을 넘으며

마음 쓰라려 멀리로만 눈길을 던지는 까닭을

산 아래 푸른 바다는 알리라

나는 오래 전부터 짐작하고 있었네

고향 집 떠나 거적데기를 쓰고 보낸 피난길

돌아오는 길은 부산 대전 춘천 대구 광주

허겁지겁 빈 삶이었네

오랜 세월 술에 빠져 헤매던 나날

마침내 고향으로 왔네

아리고 비리고 쓰린 진창길을 터벅거리며

어머니 창포로 머리감던 남대천

그 땅으로 왔네

대관령 23

열아홉에 나를 낳아
전쟁 한가운데로 간 어머니
내게 보이는 건
삶은 감자 몇 알을 담은 밥그릇
그 위에 좁쌀밥을 뿌려 가렸지
감자 몇 알 먹고 남대천으로 나가면
어느새 어머니는 그네에 올라 있었지
창공으로 발을 굴러 대관령까지
어린 나를 데려가려는 듯
높이 떠오르는 어머니
그래서 내 꿈에 어머니는 늘상
그네를 타고 있는 어머니
지금까지도 그네는 멈추지 않는다
밤에는 나를 끌어안고 자면서도
어머니는 그네를 타고 있다
저 세상에 가서도 지금
대관령 높이 그네를 타고 있는 어머니

대관령 24

저 먼 산
우는 날이 있다
옛 호랑이
돌아와
찾는 그 바위
삼단머리 떨군 듯
우는 날이 있다
멀고 아득하여
눈 흐리게 바라
저 먼 산
더 멀게
우는 날이 있다

대관령 25

남대천은 흘러서 바다로 간다

그 흐름을 거슬러올라

대관령 암반데기라는 곳까지 갔다

누군가가 쌓아놓은 긴 돌담길을 끼고

시냇물은 소리내어 흐른다

이 물이 흘러

바다로 가면 옛 고깃배를 볼까만

오래 전 물 위에 놓였던 디딤돌은 어디 가고

머잖아 단오장이 열리리

미친 여자가 오락가락한다는

골목길을 빠져나와 어디론가 갔던 내가

이제야 여기 서 있구나

옛 고깃배는 파도 속으로 사라지고

그 배를 타고 암반데기까지 이르른 것이다

푸르른 냇물이 바람 소리를 내며

어디까지 나를 이끌어간다

새우잠을 자다

사진 전문 화랑 '류가헌'에서
강운구 사진작가의 전시회를 보았다
일찍이 〈작가세계〉 창간호에 찍었던 내 사진
그동안 세월은 얼마나 흘렀던가
그 잡지는 폐간된 지 오래
창간 때 실렸던 내 얼굴을 찾아본다
1968년에 나는 가야산을 내려와
대구에서 따로국밥을 먹으며
이게 사실일까, 내 살을 꼬집어보고 있었다
여러 도시를 지나
여러 골목에서 새우잠을 자며
나를 찾아가고 있었다
나는 어디 있는가
멀리 서해 바다가 얕게 부딪쳐오는 포구
나는 새우처럼 웅크리고 사진 한 장을 찍었다

새처럼, 별처럼

오래 전에
별이 새처럼 멀리 날아간다고 썼었다
그러나 막상 완성된 시에는
그 구절은 보이지 않았다
별이 새처럼 날아간 게 아니라
새가 별처럼 날아간 것일까
나는 왜 사라짐을 말하려 했을까
강릉 바닷가에 서면
누군가 사라져간 사람의 얼굴을
헤아리지 않을 수 없다
파도에 얼굴들이 살아 나오고
별빛이 밤하늘에 반짝이기 때문이다
멀리 사라지는 것은
오로지 나일 것이다

감자알을 헹구다

무슨 말을 하려고

그대를 찾아갔었다

꽃피고 새 우는데

단 한마디 말을 전하고 싶었다

그러나 한 마디 말은 어디로 가고

마지막에 이르러

찾아온 까닭을 스스로에게 겨우 물었다

나를 비롯하여 다들

어디로 가고말았냐고 물으며

나는 단 한 마디 말을 찾아 길을 떠난다

대관령 아래 저 푸른 물에

감자알을 헹궈먹던 나를 찾아

다시 길을 떠난다

사랑의 힘

지나온 한 해가 거울 속에 묻혀 있다
거울을 들여다보는 내 얼굴,
사랑을 기대한다
있는 그대로 없는 그대로
곧이곧대로 보여주는 힘인 사랑을 기대한다
거울을 들여다보는 내 얼굴에 새겨진 주름은
그때마다 더 깊게 파이고
새로운 날 숨가쁘게 기다리게 했으니
이제 기쁨과 슬픔 함께 버무려
거울 속 침묵의 창고에 간직하련다
가거라, 모든 망령이여
먼 뒷날 비록 다시 모습을 드러내
거울 속에서 절규할지라도
있는 그대로 없는 그대로
곧이곧대로의 사랑의 힘으로
이 땅에 옳음과 그름을 살피기 위하여
곧이곧대로의 사랑의 힘님께
길을 비켜라

헌날을 데리고 서산을 넘어가

멀리멀리 사라져가거라.

있는 것을 있게 하고 없는 것을 없게 하는

사랑을 위하여

달팽이 뿔 위에서

멀리 떠나고 싶다고
나는 말해왔었다
어디론가 멀리, 그리고 또 멀리
그러나 항상 달팽이 뿔 위에 앉아 있었다
달팽이는 오늘 빗속에 어디론가 가고 있는데
나는 산밑에서 달팽이의 노래에 귀기울인다
여지껏 살아온 게 무엇이냐는 그 노래
달팽이는 내게만 불러준다고 속삭인다
멀리 가는 게 무슨 뜻이냐고
달팽이는 뿔을 흔든다
비 개고 노을이 질 때도
나는 달팽이 뿔 위에서
내 뜻이 무엇이었는지 내게 묻는다

'아름답게!'의 세계

독일 프랑크푸르트 도서전을 기념하여

NH호텔에는 큰 책 모양이 섰다

이만큼을 써야 한다

누군가 말하고 있었다

모든 아름다운 길은 책 한 권으로 통하는 길이다

누군가 말하고 있었다

쉴러를 읽던 시절도 있었다

횔덜린을 읽던 시절도 있었다

그러나 내 길은 딴 데 있었다

한글로 저 책을 메꿔야 한다, 가나다라로!

앞 강물 물결처럼

먼 사막 모래알처럼 가득히

저 책을 한글로 이루어야 한다

아름답게! 아름답게! 아름답게!

천축天竺의 선물

고비사막을 걸어왔다
타클라마칸도 지나왔다
낙타처럼 뚜벅뚜벅 중앙아시아 돌길을 걷다가
푸른 돌 하나를 주웠다
말의 것일까 낙타의 것일까
일찍이 춘천 천막학교에서 잃어버렸던 신발
나는 이제야 맨발을 감싼 것이었다
그리고 '천축天竺의 선물'이라 이름지었다
모래 바람 아래 묻혀 있던 망각 속
푸른 돌에는 바람에 울리는 소리 묻혀 있다
수행자 혜초가 계림鷄林의 고향을 찾는 소리
내 발자국 소리에 평생을 귀기울리라
푸른 돌길을 지나며 스스로를 찾는 소리였다

가족

경주가 실크로드의 끝이라는
강연을 들었다
나 역시 예전부터 석굴암이 그 실례라고
말하곤 했다
아버지 어머니와 석굴암에서 찍은 사진이
마음에 새로웠다
나는 초등학교 5학년 학생이었고
아버지는 군인이었는데 사복 차림이었다
강릉에서 출발한 한 가족은
여러 도시를 옮겨다니며 살고 있었다
그것이 행복임을 나중까지 몰랐다
밤나무겨우살이가 겨울에도 푸르던 집에서
따온 딸애 이름도 있었다
일찍이 가버린 아이의 천도재 계절은
한 뿌리 겨우살이 같은 것이었다
나는 실크로드의 끝에 살며
'쓸'이라는 이상한 글자를 배웠다
두 대의 대나무 죽순이 올라오던 봄이었다

반야용선 1

해군 함정을 타고 가면서
반야용선을 떠올린다
일찍이 당나라에서 돌아오던 의상대사를 태운
배는 선묘善妙 여인의 용이 된다
6.25 때 나를 태우고 부산까지 간 배도
반야용선이었다
그 수송선은 용이 되어 나를 실었다
그 덕에 나는 부산에서 학교를 다니고
서울까지 왔다
나는 고향으로 향할 때마다
그곳마저 한 척의 반야용선임을 깨닫는다
그 바닷가에서 귤 한 알 집어들고
전쟁을 지나온 것이다
귤의 과육 속에 지금도 살아 숨쉬는
아버지 어머니가 반야용선의 용이었다
멀리 대관령이 일출에 빛나고 있다

반야용선 2

제천 신륵사에 큰 물고기 한 마리
서울 조계사에 또 한 마리
반야용선을 이끌고 바다를 건넌다
나 역시 저렇게 이끌고 가렴
가끔 꿈에라도 가고 싶은 서장西藏의 어떤 곳
곰파까지 나를 이끌고 가렴
용은 아무 대답도 하지 않는다
그러나 내 말을 알아듣고 그러마고 고개를 든다
어느 절에나 목어는 있건만
볼 적마다 마음은 새로워진다
용이 되어 풍랑을 헤치며
너는 본래 라마승이라고 일깨우는 것이다
나는 물고기 뱃속에 들어가
패엽貝葉의 낱장을 들추고 한 줄 시를 짓는다
나룻배 반야용선을 기다리며
발자국마다 경經을 짓노라 한다

반야용선 3

누구나 반야용선을 타고 다른 세상으로 간다

지구에서 머나먼 어느 별일 것이다

목숨을 얻어 이 땅에 오기까지도 아득했는데

앞길은 더할 것이다

나는 예로부터 예맥濊貊의 자손

슝누匈奴족과 센피鮮卑족에 이웃하며

우랄산맥의 동쪽 알타이에서

드디어 백두대간을 타고 대관령 기슭에 이르렀다

큰 활을 들고 톱슈르 노래를 켜며

차르다시 춤을 추는 우리 동아리

호오미 노래로 다듬은

아름다운 말과 글을 갖춘 이 겨레여

반야용선에는 그 아름다운 말과 글이 가득하다

어느 머나먼 별로 가는 길을 나타내는

말과 글이다

반야용선 4

일본 고야산에서 달라이 라마의 꽃을 받았다

그 꽃을 들고 티베트 얄룽창포강 둔덕에서

트럭을 얻어타고 수미산으로 가는 길

내가 나를 모르니 그 꽃을 바치며 나를 보려고

티베트 향 한 줌을 사서 간직한다

옛날에 바다밑이었다는 히말라야

반야용선이 무지개에 걸려 저어간다

고향을 떠난 지 몇 며칠이던가

산골 물에 향을 갈아 만드는 소녀에 묻는다

수미산 무지개 빛이 내게도 오느냐고

고야산에서 달라이 라마가 손을 뻗쳐 잡아주던 내 손

그 무지개를 싣고 오는 반야용선에 올라

얄룽창포강을 건넌다

북청 물장수집 아들

초리草里의 물장수집 아들 내 아버지
나를 키워주었다
시인을 꿈꾸던 나는
눈 많이 내린 봉천동 고개 너머 셋집에서
장례를 치렀다
오래 전 강릉으로 와서 홀로 된 어머니와
그 옆의 나를
지프차에 태워 간 그였다
나에게 가람 선생의 시조와
일본 마쓰모도松本淸張의 하이쿠를 들려주던
그였다
북청 물장수 아들이라 불렸던 육군 중령
법무장교에서 쫓겨나 민간인이 된 그였다
나는 그의 뜻을 등지고 가난한 시인이 되어
불과 58세의 그를 차디찬 땅에 뉘였다
오늘밤 나는 파인巴人의 시처럼
'그만 가슴을 디디면서 멀리 사라지는/북청 물장수'
아버님!을 부르는데

'그는 삐걱삐걱 소리를 치며/

온 자취도 없이 다시 사라져버린다'

나는 '날마다 아침마다 기다려지는/북청 물장수'를

멀리서부터 바라보며

아버지의 함경도 밤길에 서 있다

구포 제분소

낙동강이 내려다보이는 곳에
제분소는 톱니바퀴를 멈추었다
밀을 빻아 밀가루를 만들던 것은
전쟁 전의 일이었다
중학교 2학년 때 구포에 가서
술래잡기를 하며 올랐다
먼지가 켜켜이 쌓인 계단에
피댓줄은 구불구불 지나가고
창문은 닫혀 있었다
건물 옥상에 빈 방 하나
무엇일까
문을 연 나는 커다란 새와 마주쳤다
빈틈으로 후다닥 날아가버린 커다란 새여
평생 처음이자 마지막 본 수리부엉이 커다란 새여
제분소는 곧 헐리고 강물만 흘렀다
경부선 열차를 타고 가면
어디선가 퍼덕이는 그 새의 날갯소리
밀 빻는 소리를 싣고 들려왔다

암각화의 고래
―울산의 고래 1

울산 천정천의 반구대 암각화를 본다

고래는 새끼 고래를 품고 가기도 하고

포경선의 작살을 맞기도 한다

배 위에 줄지어 앉아

노를 젓는 사람들은 이때를 기다려

바다로 힘차게 나아간다

예전에 동인 이름을 지을 때

임정남 시인이 주장한 뜻을 이제야 알듯

나는 고래의 생명을 헤아려본다

반구대 암각화를 세계문화유산으로 꼽으려는

뜻도 알듯하다

몇 천 년도 더 된다는 반구대의 고래여

돌로 새겨져서도 우리에게 말하는 생명이여

나는 그 영혼을 받아 내게 옮긴다

바위 위의 얼굴
―울산의 고래 2

고래를 따라

오랜 세월 바다를 떠돌았다

작살을 들고 배를 저어

고래가 어디 있는지 가늠했다

바다는 언제나 몸부림치며

나를 이끌고

고래를 노려보는 내 눈초리를

놓치지 않음을

나는 알고 있었다

그리하여 고래와 한 몸이 되어

이 바위로 왔다

그 날을 잊지 않기 위하여

얼굴에 비춰보는 이 바위에

그려진 모습이여

바위 깊이 새겨진 내 삶이여

목선木船 1

두 번째 소설집을 내고 찾아간 안목마을
바다를 옆으로
고기잡이 목선木船 한 척
달빛에 떠 있다
낮에는 물고기들 꾸덕꾸덕 마르고
밤에는 빈 시렁
나는 낮에도 밤에도
누군가를 기다렸다
목선의 그림자에 가려
누군가 먼 길을 떠나고 있는데
마을도 그림자를 바다 쪽으로
떠나온 생을 차곡차곡 개키고 있다

목선 2

목선이 떠난 지 언제인가
카페들 이어져 늘어선 바닷가에는
옛 그림자 자취도 없고
울릉도로 가는 여객선이 무적霧笛을 울린다
남대천을 목단강, 흑룡강으로 부르며
또한 얄룽창포강으로 이름하며
나는 어머니 머리 감던 창포다리를 찾아간다
지난 풍경을 찾아
강문동 사람들과 함께 잃어버린 고향 집으로 가는 마음
울타리콩 꽃피는 나만의 뒤란으로 그대를
이끌어가는 마음
무적이 다시 울리면 나는
배에 올라 옛 그림자를 따라가야 한다

목선 3

무인등대는 기우뚱
먼 바다를 바라보고 있다
수평선을 놓치지 않으려고
하나의 선線을 붙잡고 있지만
그 직선은 자유롭다
그곳까지 가 닿으려고
떠나간 목선을 몰아간다
무인등대를 넘어가면
주문진의 큰 등대를 돌아온 배가
뱃전 넘치게 양미리, 도루묵 등을 싣고
수많은 바다를 부려놓는다
수많은 수평선을 부려놓는다

목선 4

주문진 가는 바닷가 길
작은 카페 앞에서 목선은 멈춘다
'CUBA'
드라마 '도깨비'를 찍었다고
방파제에 줄지어 선 사람들
누군가는 오래 전에 이곳을 지나며
전쟁이 끝나기를 기다렸다고
눈길을 바다로 돌린다
아직 주문진은 신기루처럼 멀리 있는데
카페 아가씨 커피콩 가는 소리
배의 스크루 소리에 뒤섞인다
동해는 순식간에 카리브 바다로 변하고
나는 쿠바 아바나의 밀레콘에 도착하여
커다란 이구아나를 보고 있다
전쟁이 끝나기를 기다리고 있는 것이다

목선 5

오리 바위
십리 바위
파도를 돌아가며 내 발길은
세상 밖으로 가고 있어요
어머니, 즈려밟고 가시나요
나는 언제나 어리기만 한데
모래알은 영혼을 낱낱이 헤아립니다
그 어느날
어머니 치마꼬리를 붙들고
하루를 꼬박 고갯길 넘어
오리 십리 저 바위처럼
나는 물 위에 흐르고 있었나요
그리하여 내 손에 쥐여진 모래 한 알
내 마음의 섬이었군요
어머니, 그것이었군요

목선 6
—'고래' 동인

배는 떠나갔는데 나는 헤매고 있구나

감자 한 알 먹으려고

러시아까지 헤매고 있구나

우랄산맥에 왔으나

여기는 이름도 낯선 투바 자치공화국

사람들은 몽골족과 퉁구스족의 혼혈

나는 작은 돌인형 토템을 얻어

나를 맡긴다

북극해를 건너는 일각一角고래처럼

삐익삐이익 소리를 지르며

고향으로 돌아가길 꿈꾼다

오늘 한국의 강원도에는

몇 명 시인들이 고래 몸에 꽃을 그리려고

대관령 산신령님 아래 모였다고 한다

그대 발자국

그대가 간 발자국
움푹 파여 있는 마음의 흔적
그 바닥에 내 눈물이 고인다
오래오래 따라온 내 그림자가
지나온 길을 되돌아본다
그 흔적도 발자국 소리를 낸다
나는 내 길을 걷느라
어디론가 더듬어도
그대의 발자국은 멀리만 있다
어디든 더듬으면
그대의 발꿈치에 내 먼 길이 있고
눈물은 고이련만
나는 아득한 모습으로
가장자리 그림자가 되고만 있다

불두화 꽃필 때

목수국이라고도 부르는 불두화

저게 나발螺髮 머리라고 누군가 말해주었다

이웃집 담장 아래로 걸어가며

그 머리 바라본다

흰 나발이 나를 굽어보며

먼 이국 땅에서 온 말씀을 전한다

'나무'의 그 말씀

나는 〈반야심경〉을 펼친다

불두가 담장 너머 머리를 끄덕인다

예전 삼장법사 현장 스님은 귀국할 때

많은 식물들을 가져왔다는데

그 나무들은 내게

또 다른 '나무南無'를 가르친다

그래서 나는 이웃 담장 아래서

불두화 꽃피는 아침을 맞이한다

모든 아침이 '나무南無'를 말하고 있다

찔레꽃

호박벌도 향기에 취해
빠져버리는 꽃
예전 빨치산들이 밥을 끓일 때
연기 안 난다고 불을 땐 가시덩굴
하얀 꽃은 산등성이를 넘어가며 피어난다
꽃피는 오솔길 따라 걸어온
배고픈 어린 나날
끝없이 고개 넘어온 머나먼 길
꽃은 여기로 오라고 나를 부른다
아버지는 총에 맞아 졸지에 세상을 떠나고
대관령 아래 요란하던 따발총 소리
그 소리 이정표삼아 밤길을 걸어왔으니
나는 여기까지 살아
오늘도 고개를 넘는다

산신령님 뵙는 하룻길

태백산맥을 한 바퀴 돌아 넘는 기찻길은

강릉까지 여덟 시간

그대와 나란히 앉아

삶은 옥수수 갉아먹으며

고향으로 가는 길이었다

유리창 너머로 정선 아리랑 들려오면

아우라지 나루

언젠가도 지프차 얻어타고

암반데기 아래로 달려갔던 길

높은 고갯마루에서 산신령님 뵙는 하룻길

긴 수염 끝에 산마루 열리고

기차는 철거덕 멈춰 선다

마늘밭에 마늘쫑 올라오는 계절이 되고

유채꽃 노랗게 봄을 맞는데

나 이 고장 떠나 칠십년

옛날 그 내가 과연 나일까

고향 하늘 산마루 묵연히 바라본다

부엉이의 밤

마음에 그리움을 쌓아야
살 수 있다고 산과 바다는 말한다
밤에 부엉이 소리를 들으며
그리움의 길을 간다
우리 땅에 볼 수 없는 물소 같은
서어나무 한 그루
부엉이 소리에 살아난다
그 나무 아래 울던 젊은 나날들
그리움을 산과 바다의 소리로 전한다
나는 서어나무 아래 움막을 짓고
부엉이와 더불어 밤을 샌다
나 지나온 세월이 험난했어도
살아서 밤길을 내다보며
아직 그리움을 쌓으려는 것이다

고콜불의 오솔길

다음과 같이 약력을 쓴다
양주 남면초등학교 때 고콜불 아래 교과서를 들여다보고
부산 개성중학교 때 최계락 선생의 동시를 읽고
용산고등학교 때 성균관대학교 백일장에서 상을 탔다
그 무렵 이상李箱을 비롯한 여러 시인의 시를 만났다
아해들이 달려가는 막다른 골목에 와사등瓦斯燈을 켜고
보들레르의 시 〈조응Correspondences〉을 배웠다
그리고 대학 때 유영 선생으로부터 소네트를 들었다
시인으로 평생 살겠다는 약속은 아직껏(2022년) 지킨다

나는 벽을 파고 넣은 그 고콜불을 잊지 못한다
벽 속에서 그을음과 함께 타오르는 관솔 불은
산속 오솔길에도 불빛을 비춘다
상수리 열매 떨어지는 소리를 비추고
짐승 발굽이 낙엽 밟는 소리도 비춘다
그 소리 들으려고 밤새 쫑긋거리며 귀 기울였지만
지금도 흐린 불빛을 따라
나는 홀로 오솔길을 가고 있다

밤나무겨우살이

등피燈皮를 닦으면
그 안에서 불빛이 피어났다
나는 수세미로 그을음을 닦고
마당의 밤나무겨우살이가 잠을 청할
저녁을 기다렸다
내 가난한 책보도 그 옆에 놓여 있고
남면초등학교의 운동장으로
불빛이 번지고 있었다
오랜 세월이 지나
겨우살이는 아이의 이름이 되었다
벌써 저 세상으로 가서 천도재까지 지냈지만
내가 닦은 등피는 아이의 저승을 지키며
내 남은 생애를 밝히고 있다

남대천의 디딤돌

이 땅 여러 곳 살다가 돌아온 강릉

소꿉친구는 어디로 가고

(어디를 헤매고 있는지)

화롯불 생선구이 아줌마 한 명 안 보이는 단오

그 옛날 디디고 건넜던

남대천의 디딤돌도 없다

소방서 망루는 사라졌어도

(어디로 없어졌는지)

나는 코로나 전염병 돌 때까지

문화작은도서관에서 소설을 가르친다

남편과 함께 벌을 쳐 땄다는 피나무꿀을

안겨준 아줌마 학생

남쪽 땅끝마을 미황사 뒤 달마고도에서 본

사스레피나무를 알려주었다

창포가 우거진 남대천은

디딤돌 없어도 흘러내리고

나는 그네줄을 붙잡고 세월을 헤아린다

(하늘 높이 오르는 그네)

객사문의 기억

내 얼굴을
알고 싶어서였겠지
강릉 객사문 아래 흙을 살펴보았다
옛날에 내가 파헤치며 가지고 놀던 흙
고개를 숙이고 있는 나는
무엇을 기억하고 있을까
내 얼굴이 객사문 뒤에 숨어 있다가
불쑥 나타나고 있다
기억을 내밀고 있건만
나는 어디에 있는 것일까
어쩌면 잃어버린 기억을
내 것이라고 우기고 있는지 몰라
나는 흙 한 덩이 뒤집어놓고
그 속에 무엇인가 묻어놓은 채
내 얼굴이라고 우기고 있는지 몰라

어머니의 트렁크

어머니는 가죽으로 만든 트렁크를 들고
만주까지 갔었다고 한다
대흥안령 산맥을 넘어서 내몽고로 간 길이었다
그 트렁크는 내가 집을 나올 때까지
뒷방을 지키고 있었다
그 속에 무엇이 들었을까
나는 열어보지 못했다
어머니도 건드리지 않는 트렁크는
비밀의 세계였다
집을 떠나오면서
나는 흘낏 트렁크를 보았다
보려고 해서가 아니었다
어쩌면 트렁크가 나를 본 것일까
순간적으로 나는
대흥안령을 넘어 내몽고의 한 거리에
서 있는 나를 보았다

구정리 자두나무

서울 서촌에는 인왕산 호랑이가 나타났었다고 한다
북한산 비봉이 안개에 가렸는데도
개의치 않았다는 것이다
언젠가 강릉 구정리에 우뚝 선 당간지주를 지나간
호랑이였을 것이다
까치와 함께 구정리 자두를 따먹으며
내 어머니의 머리 감는 모습을
바라보는지도 모른다
어머니! 크게 불러 지나온 세월을 물어본다
나를 그러안고
밤새 걸어간 바닷가에서
어머니는 호랑이와 함께 잠들었을 것이다
구정리 자두나무들을 지나가면
굴산사 범일국사가 나를 불러앉히는 광경을
쉽게 볼 수 있는 것도 그런 까닭이다

총령葱嶺을 넘어가는 고려인

레닌그라드대학 지하 클럽에서

우리는 콜라를 마셨다

아내의 뜻이었다

내일은 우크라이나로 떠나는 고려인을

배웅할 예정

파미르를 넘어 그곳에서

그는 파 농사를 짓겠다고 했다

고려인들이 흔히 가는 길이라고

노래를 공부하던 그도 그 길로 간다고 했다

얼마 전 나는 그에게 빅토르 초이처럼

유명한 가수가 되라고 했었다

파미르가 총령임을 그때 처음 알았다

한 줄의 시

코로나 전염으로 공책을 접으며
그대들은 어쩔 것인가 걱정한다
누구는 지구의 병듦을 이야기한다
어둠 속에 묻혀 있던 병균이
좀비처럼 살아 나왔다고 한다
그래서 세상의 빛이
암흑으로 꺼져 들어간다는 것이다
그동안 밝은 세상, 여기까지 왔는데
우리가 암흑 속으로?
그대들은 공책을 덮고 있다
한 줄의 시를 써도 빛을 보았던
우리들의 영혼이 다시 살아날 것인가
코로나는 병듦이 아니라 밝음을 안고
저녁녘 새벽녘 하늘에 빛나며
한 줄의 사랑이라도
시를 노래할 수 있을까

5부

둔황에서 강릉까지

박주가리꽃

박주가리 덩굴이 자라 꽃을 피웠다

덩굴마다 여름이 한창이었다

그해 여름 시골 버스 정류장에서

그대가 타고 올 버스를 기다리며

헤아리고 있었던 박주가리꽃

그로부터 꼭 30년이 지나고

그대와 나는 우리가 되어 시골 버스 정류장에 서 있다

버스가 오면 대관령을 넘어갈 것이다

햇감자가 익는 고랭지高冷地

육이오 때 먹던 감자를 다시 먹을 수 있으려나

방공호에 기어들어

숨죽여 숙여 있을 수 있으려나

나는 박주가리꽃 옆에서 눈시울이 뜨겁다

중앙아시아 고개

그날 나는 양떼 염소떼와 함께
중앙아시아 고개를 넘고 있었다
어디선가 들려오는 '아바이' 소리
키르기즈스탄의 고갯길은
나를 부르고
저 멀리 알타이의 '흐오미' 소리는
개울물의 흐름 속에
강원도를 부르고 있었다
노래가 아니었다
그날 광주의 동명동에서 양림동으로
가고 있던 내 발걸음을
소리쳐 부르는 외침이었다
양 염소들은 귀를 쫑긋거리며 나를 훔쳐보고
중앙아시아 고갯길에서
천산남로를 기웃거리며 걷는
내가 더더욱 홀로 되어 있었다

외할아버지의 산

"암癌 글자에 산山이 밑에서 받치고 있으니嵒……"
외할아버지는 나를 앉히고 풀이해 보였다
그리고 피부암을 알콜로 닦는 게 고작이었다
예전에 옥계 탄광에서 간부를 지냈다는
이력이 자랑이었지만
발바닥의 암을 딛고
서울 장승백이까지 온 것이었다
나는 옥계에 가서 산과 바다를 바라본다
발걸음마다 암은 도지고
어린 나를 벗삼던 외할아버지는 세상을 떠나고
문지방에 남아 있는 산기슭만 아득하다
외할아버지가 탄을 캐던 태백산맥이 여기였다고
누군가 멀리 가리키고 있는 것이다

중앙아시아의 화가

타지키스탄 미술대학을 다닌

화가 미하일, 고려인 후손

카자흐스탄 알마아타 중앙공원에서 만났다

타지키스탄에서는 내전이 한창이라 했다

우리 부부는 그의 집에 가서 볶음밥을 먹고

아이들이 동산에서 놀이하는 그림을 보았다

그 아이들이 내 어릴 적 동무들이라서

나는 함께 뛰놀며

그림을 서울 집까지 가져다 걸었다

이제 나는 오랜 옛 풍경 속에서

어린 내가 되었다

중앙아시아에서 러시아를 거쳐 카자흐스탄을 헤매던

미하일

지금은 한국에서 러시아학교 그림 선생이 된

미하일

늙은 내 모습을 그려주는

고려인 후손 미하일

갈리나 열매

러시아 숲에는 까마귀들이

까악까악 울고

갈리나 빨간 열매를 쪼아먹는다

부리에 물린 그 열매는

고흐를 좋아했다는

러시아 귀족들 눈빛을 닮고

사랑을 이야기한다

나는 네바 강변에 앉아

미얀마 뱃사람과 이야기를 나눈다

아흐마토프 거리에 아파트를 얻어 산다는 그는

언제 고향으로 갈지 모르겠다고

담배를 피워문다

그 뒤 내가 미얀마의 유적지 바간으로 가서

'탑탑안행塔塔雁行'의 무수한 탑을 본 것은

몇 년 뒤였다

전쟁과 평화

전쟁 중에도
논에서 모를 심는 사람들
전쟁 중에도
바다에서 고기를 잡는 사람들
논에는 파룻파룻 벼가 자라고
뱃전에는 고깃비늘이 반짝인다
나는 파룻파룻한 논가를 거닐고
고깃비늘 반짝이는 뱃전을 기웃거린다
아이들은 모두 어디론가 숨고
어린 나는 혼자서
무슨 일인지 어디론가 향한다
아무것 몰라도 마음은 조용한 하루
돌담 밑에 민들레가 노랗게,
엉겅퀴가 빨갛게 꽃피는
그런 전쟁의 하루였다

강릉에서 둔황敦煌까지

개마고원을 하서河西회랑으로 여긴다

낙타를 보면 무작정 따라가야 한다

그들만이 기름을 물로 바꾼다

란조우의 식당小吃部에서는 낙타발굽 요리를 내놓고

흉노족이냐고 묻는다

"이스턴 슝누?"

어느새 나는 내가 아닌 사람으로

모래 언덕에 살고 있다

모래알들은 알알이 내 옛날 편지를 보여준다

어여쁜 할머니가 "옛날은 돌아왔는데 옛날 같지 않아"라고

새털 모자를 내놓는다

모두가 어디로 간 모래 언덕에서

나는 나를 뜯어먹을 독수리를 기다린다

이것이 사랑이었구나

나는 달마처럼 깨닫고

나뭇잎 편주片舟에 몸을 싣는다

둔황에서 강릉까지

다들 고비사막과 타클라마칸사막을 말한다
하지만 나는 바다로 가련다
누란에서 포도주 한 병을 받아
누란 미라에게 한 잔 따르고
낙타를 얻어타고 〈왕오천축국전〉의 길을 걷는다
혜초慧超는 이 길을 어찌 걸었을까
마르코폴로양에게 묻고자 하지만
놈들은 벌써 모래 언덕을 넘어갔다
어머니를 찾아가는 건 육이오 때부터의 풍경이었다
주문진에서 정동진을 거쳐 묵호 바닷가를
고비와 타클라마칸으로 놓고
피난 보따리를 어깨에 지고
나는 어디론가 산속 길을 찾아가고 있었다
드디어 나타난 물장수 아즈바이
낙타 아즈바이 물 한 모금 주시구려
낙타는 눈물을 흘리며 내게 젖을 물린다
나는 어머니를 소리쳐 부른다

그대의 책갈피

그대가 책을 팔던

대학로의 사락思樂 책방

지금은 우리 둘이서 앞길을 지난다

사락사락

겨울 나무에 눈내리는 소리

사락사락

봄 잎 내라고

사락사락

책갈피 넘기는 소리

우리가 만나

여기까지 왔다고

골목에서 속삭이는 발자국 소리

그대가 내게 펼쳐 보이는

사락사락

책갈피 소리

알타이의 유랑가수

그 나무는 너만의 나무가 아니다
나만의 나무도 아니다
다만 알타이의 하늘을 향해 오르는
물푸레나무
대관령에서는 단오 때 신목神木이 된다는
물푸레나무
우랄산맥의 회교도 나라 투바공화국에서 본
상수리나무와 함께 내게 온 푸른 물감
물푸레나무이다
어느 해 단오에 나는 알타이의 잣나무 악기 톱슈르를
얻어 어깨에 메었다
단옷날 평안굿을 부르는 무녀巫女의
푸른 물감 소리
알타이의 굿소리를 몸에 옮기려는 것이었다

대관령 성산 골짜기

대관령 성산 골짜기를 바라본다
6.25 때 아버지가 총 맞아 죽은 곳
아버지는 만주 땅을 떠돌다 돌아와
이인직 소설 〈은세계〉의 무대인
성산으로 들어가 일을 당했다고 했다
그로부터 70여 년을 지나
누군가 아버지의 무덤을 귀띔해주었다
나는 무덤을 찾아
그 앞에 큰절을 올릴 수 있을까
나 역시 만주 땅을 떠돌다 돌아온 마음
가슴을 옭죈다
겨울이 되어 흰 눈이 내려 쌓이면
나는 하얀 사람으로 나를 감추고
'은세계'의 아버지를 찾아뵈리라 하는 것이다
이제야 겨우 큰절을 올리리라 하는 것이다

이웃집으로 가는 길

강릉의, 대관령의 눈들을 아는가
키높이로 쌓여 헤쳐 나가기 어려운 눈
그럼에도 이웃집과 이어진 새끼줄을 당겨
나는 굴을 뚫고 나아갔다
하얗게 캄캄한 굴속에서 이웃집은 언제 나타나는가
높새바람 대신에 높새눈이라고 나는 이름지었다
굴속의 나는 누구인가
이웃집은 평생 굴속의 먼 이웃집이었다
나 역시 평생 굴속에서
언제까지나 이웃집으로 나아가고 있었다
이제 어머니 아버지 세상을 떠나고
높새눈은 뜨거운 눈으로 변해
나를 응시하고 있었다
누구인지 모를 내가 이웃집 앞을 헤매고 있었다
이 강산을 헤매고 있었다

꿈꾸는 열매들

인도네시아 카리만탄에서

두리안 열매를 들고 방갈로를 차지한다

이국의 열매가 하나의 집이 되는 순간

나는 먼 여행을 떠난다

제주 강정마을에서 세계 제일의 인도네시아 범선을

해군들과 타지 않았던가

나는 그걸 서울 서촌과 강릉 안목에 옮겨놓는다

이것이 도서관에서 가르치는 소설이다

그러자 두리안뿐만 아니라 대만 스자도 나타난다

빈랑檳榔, 비파枇杷, 릿지도 있다

열매들은 내게 꿈을 가르친다

나도 꿈을 배워 집을 짓는다

먼 여행 속에서

티베트의 마니차도 열매런가

언제 다시 티베트 라싸로 가서

마니차 속의 경전을 읽으려나

집시의 밤

인사동의 오르골에서는 '아리랑'이 울려나온다
해군의 오르골에서는 손원일 제독의 '해군가'가 울려나온다
그러다가 어릴 적 보리밭에 엎드려 듣던
종달새의 노랫소리를 듣는다
물금역으로 친구를 만나러 가던 기찻간에서 듣던 노랫소리
어릴 적의 사랑 노래 오르골 소리
지금은 멀리 시베리아 종단 열차에서
들려오는 집시의 노래
나는 그 집시 여인을 알고 있었다
소련 레닌그라드에서 소매치기를 하다가
중국 하얼빈의 주빠酒吧에서
춤추는 그 여인
밤에는 혼자 오르골을 따라 노래 부른다
내게 불러주는 노래
이르쿠츠크의 밤이 깊어가고 있었다
철갑상어의 알 아닌 고기를 처음 먹던 밤이었다

낙타의 길

사막의 모래 밑은 물길이 이어져 있었다

물이 콸콸 소리나게 흐르고

낙타들이 모여 무릎 꿇고

무슨 열매인가 여물을 씹고 있었다

낙타들은 입에 거품을 물고

어디에서 와서 어디로 갈지

묻고 있는 것이었다

갈 곳을 알면 나도 떠나야 할 것이었다

나 멀리 떠나와

이것이 생生인가 나를 보고 있으면

물소리에 귀기울이는 내가

사막 밑을 걷고 있다

강릉 바다 밑을 걷고 있다

사막의 새

사막을 걸어 무덤 유적으로 향했다

돌층계 연도를 내려가자

커다란 새가 날아갈 듯 새겨져 있었다

고독한 영혼을 지킨다는 것이었다

'새는 산과 바다를 이끌고'

여기까지 와 있었다

유적 몇을 더 거치면 둔황敦煌인데

벌써부터 새는 조우관鳥羽冠을 보내주고

굴 속 벽화를 그려 보였다

세월은 지나고

내 옆에 있던 소년소녀들은 어디로 갔을까

나는 말없이 세월을 찾으며

돌층계 연도에 앉아

새가 날아간 시간 속을 더듬고 있었다

권진규의 아틀리에

나는 그가 숨을 끊은 흔적을 보려 했다
그러나 그 흔적은 내 마음에만 있었다
그것을 다시 본 것은
이번에 삼성가에서 기증한 유품에서였다
자유를 얻은 인간상이
자유를 노래하는 조각에
나는 가슴을 움켜쥐었다
인간이란?!
나는 절규하는 인간상을 보았던 것이다
그것은 내가 얻고자 하는 그것이었다
언젠가 춘천의 옥광산에 가서
뜻밖에 보았던 권진규를 생각했다
그 옆마당에 사막여우를 키우고 있었는데
권진규는 두 마리 여우와 함께
먼 행성에서 물음표(?)와 느낌표(!)를
내게 던지고 있었던 것이다

사랑의 발자국

바닷가의 발자국은 언제나 살아 있다
그대가 걸어갔던 어느날의 모습
우리가 숨어 있던 어느날의 기억
육이오 때의 어느날도 되살아난다
그날 누군가가 죽어간 한낮
눈을 두건으로 가리고 있었다
그대는 왜, 어디로 사라졌을까
그러나 그대는 오늘도 어딘가에 살아 있다
파도가 휩쓸어간 모래톱에 남아 있는
발자국
내가 뒤따라온 그 발자국
오늘도 내게 되살아나 저 모래톱을
소실점으로 남아 있는 하나의 모습
파도는 그 소실점에서 그대가 외치는
사랑의 소리

그 밤, 전등을 켜다

한밤에 어머니는 전등을 켰다
전혀 없던 일이었다
바깥의 어둠속에서는
딱콩총 소리가 딱콩거리는데
갑자기 눈부신 방안에 나는 어머니 눈 아래
누워 있었다
열이 내리지를 않네
어머니는 내 몸을 더듬었다
열꽃이 피어난 몸은 펄펄 끓었다
우리는 곧 인민군 초소에 잡혀가고 말았다
이 밤에 왜 불을 켰느냐는 말이오
누구와 내통하는 거요?
밤새도록 우리는 잠 못 이루었다
나는 몸의 열꽃이란 게 무엇인지
배우고 있었다

만차르 호수에 가고 싶다
—정태언 소설가의 박인성문학상(2021) 수상에 붙여

만차르 호수는 어디에 있을까

새를 좇아 산과 들로 헤맨 적이 있는 나는

사라진 새들을 새로 느낀다

'쓥쓥, 쭙쯔쭙, 훗훗'

새들의 소리는 아프게 다가온다

삶은 아프고 서글픈 쪽으로 가고 있는가

시베리아 벌판을 바라본다

머나먼 곳에서 울려오는 날갯소리

호수의 물 한모금으로 목을 축이려고

새들은 지구를 돌아온 것이다

나도 발길을 끌며 지구를 돌고 있는가

살아온 길은 나를 날아가라 하지만

나는 무겁게 무겁게

돌모래 언덕을 넘고 있다

만차르 호숫가에 가면

찾을 수 없었던 내 보금자리를

마련하리라 한다

풀잎, 고전
—황광수 평론가 영전에(2021)

그대는 얼마 전부터 머리가 빠진 채

삶을 정리하고 있다고 했다

젊은 날 그대가 박경리 선생의 소설 한 권을 가져와

지금 회사에서 하는 일이라고

전해주던 일이 기억에 살아났다

무슨 뜻일까

그런 소설을 써보라고?

그러나 나는 다른 소설을 쓰고 있었다

시간은 그렇게 흘렀다

국민대 대학원에서 만나

겸임교수라고 우리는 마지막을 걷고 있었다

연세대에서 시작된 20대 젊음, 저 청춘이여

'공맹노장孔孟老莊'도 풋풋

'북명北溟에 유어有魚'하던 글자들이여

오늘 낮 그대가 갔다는 소식을 앞에 놓고

아직도 풋풋하게 그 글자들을 읽고 싶구나

고전을 풀잎처럼 읽던

그대의 푸른 눈길을 다시 보고 싶구나

'압록'을 지나며
—이미륵(李彌勒) 작가께

'얄'이라고 이정표를 적었다

'얄루'는 '얄룽창포'가 되고

그 사이를 만주와 티베트가 지나가고 있었다

'압록'의 푸른 물줄기여

나는 그 골짜기 어디에 곰파의 작은 집을 짓고

달라이 라마가 준 꽃송이로 너와를 얹는다

컴컴한 어둠만이 나의 공간이라고

꽃송이들은 말하건만

그 향기에 나는 혼절에서 깨어난다

너와 지붕은 단군할아버지를 모시는구나

할배요, 묘만妙曼의 꽃송이들이

압록에 가득하구려

그 향기 그대에게 끼얹으며

이 삶을 지나가느니

죽음이 삶이었구나

나는 알 수 없는 '얄'의 기도를 올리며

드디어 사랑을 풀이한다

'압록은 흐른다Der Yalu Fliesst'

수수밭을 오르다

호랑이는 수숫대에 찔려 피를 흘린다
나는 보리깜부기, 수수깜부기로 허기를 달래며
대관령 하늘길을 올라왔다
잃어버린 아비의 발자국 소리를 뒤따라
빈 집은 바람에 흔들리는데
어느새 손발이 어는구나
그럼에도 아비가 간 만주벌은
양고기 꼬치가 누린내를 날린다
양털로 수숫대 바람을 막으며
나는 압록강가에 앉아
가야 할 날을 손꼽아 헤아리노니
강원도 땅 떠나온 지 언제였느뇨,
수수밭 떠나온 지 언제였느뇨,
그 언제였느뇨

유라시아 횡단 열차

이르쿠츠크 가까운 시골역
황혼이 내릴 무렵 열차는 멈추었다
나는 러시아의 저녁을 바라본다
한 아주머니가 토마토 망태기를 들고 있었다
얼마라고 루블을 말하는 것 같았다
열차가 떠나도록 망태기는
그대로 채워져 있었다
아주머니는 풀숲 속으로 묻혀 들어갔다
다시 언제 열차가 와서 토마토를 팔 수 있으려나
나는 아주머니가 사라진 풀숲을 뒤돌아보았다
그리고 세월이 지나
헝가리에서 굴라쉬 수프로 점심을 때우며
나는 러시아의 토마토 망태기를 떠올렸다
유라시아 횡단 열차의 기적이 울리고 있었다

늦은 약속

전쟁이 아직 안 끝나서

학교에 못 들어간 1953년부터 1년씩 늦는 버릇

지난 해에야 홍상수 감독이 영화를 찍은 카페에서

빈 커피 자루를 얻었다

아프리카 하라르 지방의 것이었다

그곳으로 가서 죽을 병을 얻은 랭보 시인

나는 그의 시 〈모음Voyelles〉을 읽으며

서울 서촌을 헤맸다

결국 해석하지 못한 시 대신에

커피 자루에 무언가를 그리기만 했다

하라르로 가보려 한 약속도

한 해가 지나가고 있었다

북청 물장수

한국에도 사자가 있느냐고
누군가 물었다
나는 있다고 대답했다
한국의 탑들에 있는 사자를 보라고
북청사자무에 춤추는 사자를 보라고 대답했다
사자는 비단길을 지나왔다고 했다
아버지는 북청 사람
어느날 사자를 보러 가자고
고향 사람들 모임에 나를 이끌었었다
과연 사자가 큰 머리를 흔들고 있었다
그 뒤로 아버지는 내게 사자 모습이었다
사자는 북청 물장수 아버지를 등에 태우고
나중에는 나까지 태우고
한국 땅 이곳저곳 옮겨다니며 살았다

한라산 해돋이

늦게야 해군의 문인클럽에 들었구나
이지스함의 침낭 속에 몸을 뉘고
한라산을 바라보며 아침을 맞는다
햇빛을 비껴 머금은 레이다 탐지기에는
고등학교 때 무전여행으로 왔던 제주도
60년 전의 얼굴이 비치고 있을까
산기슭 곶자왈 밝게 드러나는
아침의 하이얀 뼛속으로
나는 나를 바라보며
내 삶을 스스로에게 이야기하려 한다
한 마리 새의 발자국도 놓치지 않겠다는 것이다

창포다리

남대천 디딤돌을 딛고
단오장 그네터 엄마를 찾아갔었지
디딤돌 사이로 연어들 헤엄쳐오면
큰바다가 밀려오는 소리 들려온다
어쩌면 큰바다의 고래 소리인지도 모른다
머나먼 태평양을 돌아 고향으로 찾아오는 고래
나도 그네에 높이 올라가
하늘을 넘실이는 파도를 부른다
고래는 디딤돌 위에 올라
지느러미 날개를 편다
창포다리에 엄마의 날개 자국이 남는다

옛집의 이름

강릉 임영로의 옛집 이름은 도롱이 등대였다

길옆 둑길을 넘어가면

남대천 개울 소리빛 내 길을 비춰주라고

어느 틈에 붙여진 이름

내가 이만큼 살아온 것을

불러주는 불빛

어머니 재 되어 뿌려진

오리바위 십리바위 앞 모래밭에

오늘 밤 하얀 새들이 날아다니고

바위섬도 도롱이를 쓰고 어디론가 가고 오며

내 나머지 앞날을 비춰주는

이만큼 살아온 작은 도롱이 길

나도 풀잎 도롱이를 쓰고

잿속의 어머니를 찾아나선 길

지심도 벼랑

지구는 둥글다고

외양선은 보여주겠다고

현해탄을 나아간다

외양선이 헤쳐나가는 외줄기 길을 내려다본다

직선이 곡선이 되는 길이다

오래 전에 나 그 바다에서 밀항을 꿈꾸며

세계를 돌다가 돌아오고

아무도 나를 모르는 그곳에 나를 묻었다가

다른 나를 찾아 돌아오고 싶었다

섬은 지금 물보라를 뱃길에 날리며

둥근 세계를 남기는데

나는 외양선의 숨겨진 귀퉁이에서

나를 잊는 연습을 배운다

해도에서 나는 무엇을 배우려는가

한 마리 마르코폴로양¥처럼 나는 벼랑을 딛는다

오랑캐의 노래 1

흉노 족장의 자손이라는 글자가 나왔다는
신라 시대 비석을 읽는다
이제야 봄은 왔다는데
봄 같지 않다는 흉노 여인 왕소군王昭君의 노래 들린다
나는 그 꽁무니에서 말을 타고 바닷가를 달려간다
그래야만 말들은 풀들 사이에서
하루살이 봄을 뜯어먹을 수 있는 것이다
언제부터인가 비어 있는 곡식 항아리에
먹을 것 대신 꽃송이를 꽂고 말을 몰고 가며
세상 구석구석 밥 대신 꽃을 날린다
말발굽에 꽃향기가 가득
굵은 흉노의 가슴은 벅차오르고
왕소군의 노래는 강릉 바다에 울려퍼진다
오랑캐의 꽃 모습이 바다에 출렁인다

오랑캐의 노래 2
―고래의 이름

고래라는 별칭을 얻은 우리는

동해 바다를 오르내린다

우리의 바다를

우리 것으로 하려고 숨을 내뿜는다

나는 부산에서 고래가 잡힌 걸 본 이래로

서면 시장에서 고래 고기를 먹으며

오랜 동안 고래와 함께

숨을 나누었다

서울에서도 고래 숨으로 살려 했다

혹등고래, 밍크고래, 범고래, 돌고래

그리고 이미 세상을 등진 어떤 고래 동인이여

남기고 간 시를 다시 읽으며

함께 숨쉴 바다로 간다

오랑캐의 노래 3
—흑해(Karadeniz)를 지나

흑해黑海를 지나

러시아 땅을 달려갔다

상트페테르부르크에서

'폴란드 망명정부의 지폐' 같은

루브르화貨를 러시아 지폐로 바꿔

난(빵)을 사서

하루 종일 달려 도착한 어느 호숫가

감자 농사짓는 사내는 아내를 기다리고

나는 그의 겨울옷을 껴입는다

흑해의 철갑상어를 본따

고래를 키우려는 오랑캐 사내

그제서야 나는 오랑캐를 본다

여기서 언제까지 살아야

아내를 만나고 오랑캐를 벗어나지?

아궁이 앞 깊은 잠속에 든

나는 서울을 바라본다

오랑캐의 노래 4

소련이 무너지고 고무줄로 돈을 묶어 든
나는 아무르 강가에 이르렀다
김광균 시인님, 어디 계시나요?
중국집 탁자에 안주를 시켜놓고
나는 옛 사람처럼 두리번거린다
빼갈 한 잔에 짜휘 한 그릇
중앙아시아에서 어디선가 우리 말이 들리는 시장 바닥
목단강까지는 어찌 가지요?
아하, 목단강
나는 배를 타고 건너던 강을 다시 가늠한다
아내의 작은할아버지 뻘인 시인님
와사등이 켜진 거리를 나와 함께
어딘가 멀리 가고 있는 아무르 강가

탑의 말씀

그대는 인도 사람이라고,
옛 가야국 수로왕을 만나 왕비가 되었다고
〈삼국유사〉는 말한다
나도 그렇게 믿는다
1983년 인도 녹야원에서 마세크탑을 본 이래
그렇게 믿는다
파키스탄에도 그런 탑이 있었다
알렉산더 대왕의 유적은
그렇게 남아 있었다
서기 전(BC)의 유적을 사슴이 오가고 있었다
탑의 말을 '여시아문'이라고 들으며
한 마디 말을 나는 되뇐다
가자, 가자, 높이 가자, 더 높이 가자
'아제, 아제, 바라 아제, 바라승아제'
세상의 모든 말이 탑의 말이었다

풀밭의 엉겅퀴

어린 엉겅퀴를 푸성귀로 먹는다고
누군가 말해주었다
풀밭을 걸어가서
그 엉겅퀴를 뜯는다
꽃이 피기 전에 잎사귀를 뜯는 나는
먹으려고 뜯는 게 아니다
멀리 가버린 사람이
가시 꽃망울 속에
숨어 있다고 믿는 마음인 것이다
풀밭은 내게 그 마음을 가르킨다
풀밭에 아무도 없다고 마음도 없는 게 아니다
멀리서 푸성귀 한 소쿠리 내게 보내며
꽃망울이 벌어지고 있다

타지마할 근처

인도에 가서

숲 굴형에 빠지고 말았다

타지마할 근처

가시밭을 들꽃밭으로 본 것이었다

엉경퀴들이 나를 에워싸고 있었다

낙타들의 먹이인 것일까

낙타들은 모래 언덕을 거쳐와서

붉은 사암 성벽 밑에서 그 가시풀을 씹고 있었다

옛날 황제가 황후의 죽음을 애도하여 지은 무덤

타지마할에의 눈길이었다

가시 굴형을 지나면 아름다움이 있다고

그대는 말하고 있었다

내 인생도 그러했다고 말하고 싶었다

세상은 아름다운 굴형

타지마할 근처

나는 낙타의 가시꽃 먹이를 보고 있었다

새가 알려준 곰파

'세계에서 가장 높은 곳에 있는 호텔'을 떠나

길을 재촉했다

길은 곳곳에서 끊어지고

고산병에 몽롱해지면

천장天葬터에 온 듯 삶과 죽음이

나뉨이 없는 땅

어디선가 소똥 말리는 냄새에 곰파를 찾는다

아픈 몸을 며칠 달래려는 것이다

날개 기다란 새가 날아가는 길

겨우 열리고

모든 언덕이 수미산으로 향한다

며칠이든 머물 곰파는 찾을 길 없고

고산병에 발을 헛디뎌 길은 다시 끊어진다

하늘 저쪽에 날개 기다란 새 한 마리

끊어진 길을 이어주고 있다

영인문학관에 보낸 시편

　1 달개비꽃

수탉도 수굿해진 오늘
홀로 우거져 피는
파란 달개비꽃
청출어람 속의
노란 꽃술

　2 새의 하늘

산봉우리 위
새 한 마리
보이지 않아도
늘 날아가는
큰 새 한 마리

3 산과 내

산을 넘고 내를 건너서
가려는 그곳
어디일까
아직 알 수 없는 내 고향 땅

4 엉겅퀴꽃

홀로 가는 나의 길에
야생의 이정표가 서 있다
모든 꽃들은 삶의 이정표인 것을

외뿔고래의 꽃 1

고래의 발자취를 더듬으며

검은 지느러미로 현해탄을 덮는

꿈을 꾸었다

내가 보던 고래는 외뿔고래,

외뿔고래를 탄 채 북극해의 얼음을

깨고 가는 모습이었다

이미 지구 끝에 도달한 것이었다

드디어 나는 외뿔고래의 뿔에 장미꽃 한 송이를 꿰고

새로운 노래를 부르고 있었다

북극항로가 여기였구나

그런데 장미꽃만이 아니었다

한 송이 엉겅퀴꽃도 피어나 꿰고 있었다

그대에게 이 꽃들을 바치는 순간

나는 외뿔고래의 뿔을 받아들였다

그로부터 밤새 잠들지 못하고

나는 홀로 북극항로를 헤쳐 나가고 있었다

꽃의 뿔을 붙들고 다른 세계로 가는 길이었다

외뿔고래의 꽃 2

고래는 현해탄을 건너

울산 천정천 반구대 암각화를 그린다

언제인지도 모를 옛날에

지나가던 삶, 또는 사랑

지금 나는 그 바위 옆에 서서

고래를 세계의 하루로 불러본다

아주 옛날부터 바다밑이었다는 히말라야

우리의 모든 것은 그 하루의 일인걸

고래가 히말라야의 산봉우리에서 내려와

암각화의 꽃을 그린다

꽃은 절정絶頂에 올라선다

외뿔고래 한 마리가

꽃을 입술에 물고 먼 세월을 저어가고 있다

외뿔고래의 꽃 3

엉겅퀴는 세계 곳곳에서 피고 있었다

몽골에서 J선배는 그 씨앗을 따고 있었다

나도 낙타를 타고 모래언덕을 넘으며

J선배처럼 낙타가시풀이 바람에 날리는 세계를 보고

오랫동안 그 둥그렇게 구르는 삶을 따르려 했다

하지만 풀 한 포기도 둥그런 것은 없었다

풀은 날카로운 날을 갈고 있었다

먼저 눕는 풀은 없었다

모든 초원은 풀을 키우고

낙타는 입을 다물었다

그래서 초식동물은 넓적한 어금니를 갈면서

뿔에 엉겅퀴 가시를 입혔다

외뿔고래도 온몸에 상처를 입으며

바다에서 풀을 뜯고 있었다

지칭개라는 이름

누군가 그 꽃 한 송이를 달라 한다
분홍빛을 감추려는 듯 피어 있는
누추한 내 방,
감추려고, 감추려고 여기까지 왔지만
목숨은 감추어지지 않는 내 방,
지칭개꽃 같은 내 방이다
내가 살아온 길이 감추어지지 않으니
나는 꽃을 뒤에서 내민다
이것이 내가 살아온 뜻이다
지칭개 한 송이를 원하는 사람이여
구차한 길을 찾고 있는가
엉겅퀴의 사촌뻘 길손을 찾아
나 역시 어디론가 걸어왔다
낡은 분홍빛 꽃 한 송이
나의 사랑으로 그대에게 바친다
여기 지칭개라는 이름이 있다

남몰래 피고 지고

뻐꾹채, 조뱅이, 절굿대, 수리취, 산비장이……
나는 풀밭을 지난다
이들과 함께 살아온 날들을
호랑이에게 말하려고 대관령을 넘는다
아무도 모르는 세상이 있었구나
모두들 목울대를 빼고 있다
모르는 세상을 살아오는 동안
나는 온누리를 줄이며 돌아다니고
호랑이는 어흥, 산신령님을 모시고 있다
어머니 정화수 장독대에 올리고
여전히 뒤란에 서서
내 뒤를 지키고
풀밭의 이름 모를 꽃들은 남몰래 피고 지고,
피고 지고 있다

과즐마을

작은 등성이 허균 묘소를 지나

방 한 칸 얻으러 간 과즐마을

사천 바다는 멀리 내다보이고

어느새 날이 저물어

함석지붕들 바람 소리는 스스스 스산했다

오늘 진부령 넘어 오대산까지 들어가자면

하룻길 빠듯할 듯한데

내가 묵을 방 어디서 찾을까

숲길 인불 획획 날고

내 갈 길 푯말도 아득하다

그때 그 사람 어디로 갔을지

내 마음 함석지붕같이 날리는구나

어디에 마음을 둘까 발길을 살핀다

별빛에 나를 맡기고

전 세계를 돌다시피하고

고향으로 돌아왔네

기장죽 한 그릇으로 배고픔을 잊고

그날 밤

황조가, 헌화가의 이두吏讀 향가를 기억하며

고향 하늘을 우러르네

오랜 그리움의 발걸음을 나 알고 있기에

밤이 되자 별빛에 나를 맡기네

잊지 못할 사람들 다 여의고

정동진, 옥계, 묵호까지 발길을 끌고

바다 너울 너머너머

어느 물굽이에 이르렀네

이제야 갈 길 아득히 보이긴 하나

별빛 가물거리는 밤으로 나를 데려가네

오랑캐꽃과 제비꽃

제비꽃을 오랑캐꽃이라 부르던 시절
오랑캐들이 말을 타고 달려와
먹을 걸 약탈하던 시절의 역사
말발굽에 제비꽃이 으깨져
세상을 으스러뜨리던 그 역사
내 고향 강원도의 예맥족은 무슨 사연으로
대관령을 넘었을까
나도 굶주림을 말하고 싶었다
강원도의 예맥족도 그러하지 않았던가
나무뿌리 풀뿌리 캐먹으며
하루고 이틀이고 보리고개를 넘던 나날
땅을 파던 봄날을 그리움으로 말하는 역사

시인의 연애

김수영 시인은

'이사셀 버드 비숍'과 연애하는 동안

김춘수 시인은

'꽃이여, 너는/ 아가씨들의 간을/ 쪼아 먹는다'고

쓰고 있다

내 간을 딱딱하게 만든 알콜은

이렇게 시화詩化되었다고

나는 공부하고 있었다

엉겅퀴가 '엉겅엉겅' 우는 동안

나는 시 한 줄 쓰겠다고

풀밭을 나뒹굴다가

온몸이 파랗게 질리고 있었다

파랗게 질린 사색死色으로 길을 걸어가며

어느날 엉겅퀴꽃 한 송이 피려나

두리번거리고 있었다

나는 월정사月精寺 입산을 앞두고 있었다

그러나 그러나, 선생님은 가시다

1969년 출판사 삼중당에서 일하면서
선생님의 책을 만든 게 처음 만남이었습니다
그로부터 저를 신춘문예와 이상문학상에도 올려주었습니다
다
그러는 동안 선생님은 제게 문학이 무엇인지 가르쳐주는
사표로 우뚝했습니다
선생님이 암으로 앓게 되었다 해도
다시 일어나시겠지 믿음이 컸습니다
그러나, 그러나
선생님은 결국 2022년 2월 26일 가시고 말았습니다
하지만 저는 여전히 '그러나 그러나'의 말 속에
갇혀 있을 수밖에 없습니다
선생님과의 긴 만남 속에서 헤어나올 수가 없는 것입니다
이렇게 헤어져서 다른 길을 가기란 쉬운 일이 아닙니다
그러나, 그러나
선생님 이제는 이별을 말할 수밖에 없습니다
선생님 안녕히 가시옵소서
다만 언젠가 다시 뵐 날이 멀지 않다고 말씀 올립니다

이것이 만남이라는 것이로구나 혼잣말을 하며
선생님의 뒷모습을 바라봅니다
이어령 선생님,
안녕히 가시옵소서

율무

―1983년 해인사 지족도솔암에서

밤새도록 율무를

물에 불궈 죽을 쑤었다

아침에 일타스님

그러라 하셨다

나는 그제서야 하산할 수 있었다

'70년대'에서 '고래'로

고래의 일생

'2006년 12월 15일 장생포 앞바다에서 길이 7미터 무게 4톤짜
리 대형 밍크고래가 그물 속 문어를 먹으려다 걸려 죽은 채 끌려
와 4천만 원에 경매되었다고 한다

1969년에 '고래'라는, 태어나지도 않은 시 동인지가 있었다

몇 해 전에 세상을 뜬, 조선일보 당선 시인 임정남이 모임에서
내놓은 이름이었다'

강은교 선배님, 위의 글은 한 편의 시입니다. 그대는 임정남
시인을 LJN이라고도 부릅니다. 둘이 있을 때 무엇이라고 부르
는지는 저도 잘 모릅니다. 두 분이 다 내게는 한 해 선배이기
때문에 나로서는 어려울 수밖에 없기도 합니다. 특히 임정남

선배는 고등학교 2년 선배이니 더합니다. 세월이 흐른 몇 해 전에 우리가 '고래'라는 시 동인지를 내게 된 것은 위의 시에서 확연히 밝혀졌거니와, 여기에 고등학교 1년 위인 정희성 시인이 합쳐졌고, 서라벌예대의 김형영 시인이 동참했습니다.

강은교 시인님, 우리는 대학 1년 때 처음 인사를 나누었습니다. 벌써 60년이 가까운 세월이 우리 사이에 놓여 있는 것입니다. 거기에 시가 있습니다. 시가 이토록 우리를 얽어매놓을 줄은, 저로서는 어려운 이야기가 됩니다. 우리는 그때도 시인이었고, 지금도 시인입니다. 그러나 지금은 세상에 없는 LJN을 빼고는 더욱 어려운 이야기가 되고 맙니다. 게다가 일종의 카리스마인 그를 빼고는 말입니다. 하지만 그는 시집 한 권이 없는 시인인 것입니다.

그러나 우리는 거의 같은 무렵에 앞서거니 뒤서거니 하며 시단에 얼굴을 내밀었습니다. 그 무렵 데뷔의 어려움을 말해 무엇하겠습니까만, 선배님의 〈사상계〉 당선이나 임정남 선배의 조선일보 신춘문예, 정희성 선배의 동아일보 신춘문예, 저의 경향신문 신춘문예 당선 등을 보면 알 수 있을 것입니다.

선배님, 우리는 박목월, 박두진, 조병화 등등의 선생님을 뵈며 그 밑에서 수련을 닦은 시학도들이었습니다. 어느 한 분을 꼽기 어려운 것은 당시의 학내 사정과도 연관이 있기에 생략할 수밖에 없습니다. 그러나 특히 저는 임정남 형과 가까이 지

내며 앞날을 이야기하곤 했습니다. 여러 날들을 함께 어울려 시에 모든 것을 바치는 날들이었습니다. 그 무렵 우리 집은 봉천동에 있었는데, 우리는 이야기가 넘쳐서 둘이서 고갯길을 넘곤 했습니다. 그런데 임정남 형은 밤 도깨비불에 특히 민감하여 내 뒤로 숨곤 하던 기억이 새롭습니다. 도깨비불이란 어둡고 습한 밤길에 번쩍번쩍 나타나는 인불인바 무슨 해꼬지를 하는 것은 아니었습니다.

먼 길을 가야만 한다

말하자면 어젯밤에도

은하수를 건너온 것이다

갈 길은 늘 아득하다

몸에 별똥별을 맞으며 우주를 건너야 한다

그게 사랑이다

언젠가 사라질 때까지

그게 사랑이다

—「사랑의 길」 전문

나는 시에 몰두하며 그를 대했고 그는 언제나 도깨비불 뒤에서 나를 바라보았습니다. 그것이 우리의 관계였습니다. 그러다가 언제부터인가 그는 강은교 시인과도 거리를 두는 듯했습

니다. 세월은 그런 변모를 가져와서 우리의 관계도 차츰 서먹
서먹해졌습니다. 우리의 만남은 예전과는 서서히 달라져갔습
니다. 그러나 그와 고개를 넘으며 읊었던 시는 여전히 내게 남
아 있습니다.

> 늘 하염없이 걸어오던 들길
>
> 엉겅퀴꽃 가시를 보고 배웠네
>
> 하염없이 걷는다는 건
>
> 그 가시를 본다는 것
>
> 가시로 사랑을 말한다는 것
>
> ─「엉겅퀴꽃 가시」 전문

우리의 만남은 젊음과 함께 사라져갔습니다. 시 속에서 꽃
핀 아름다운 만남이었습니다. 옛 사진들을 들추면 우리는 산
과 바다로, 들로 다니며 우리의 젊음을 불살린 모습을 볼 수
있습니다. 그것이 우리가 시를 쓰던 모습이었습니다. 첫머리 몇
년 동안 '칠십년대'로 이름 붙였던 우리는 이제는 '고래'로 이
름 붙여 꿋꿋한 생명을 이어나가고 있습니다. 도대체 몇 년 동
안 우리는 이 생명을 이어가고 있단 말입니까. 이것은 50년
가까운 일이기에 우리는 스스로 기리지 않을 수가 없는 것입
니다.

임정남 시인이 가고 우리는 이제 마지막 생명을 불태우며 시인으로서의 길을 가고 있습니다. 이제는 세 명밖에 우리를 지켜주지 않는다는 외로움의 길일지라도 우리는 '광야의 초인' 처럼 서촌의 '문학비단길'의 길을 가고 있습니다.

20대부터 몸이 아프다 했던 강은교 시인이시어. 부디 이 길의 마지막을 지켜주소서. 그대의 길이 여기에 있으매 우리는 더욱 힘을 북 돋고 있는 것입니다.

천축의 선물

중앙아시아가 그립다. 많은 이들이 우리 민족의 원류 중 하나라는 바이칼호수를 이야기하는 발길이 닿아 있는 것은 그래서일까. 언젠가 오래 전에 카자흐스탄에 머물면서 키르기즈스탄 고개를 넘어 이식쿨 호수에 손을 담갔던 때부터 나는 중앙아시아를 남다르게 보고 있었다. 그때부터 나는 먼 아프가니스탄도 가깝게 여기고 있었다. 그때부터가 아니다. 더 옛날 알렉산더 대왕이 그곳까지 왔던 사실에서부터 나는 그곳을 바라보고 있었다.

서울 인사동에서 라피스라줄리의 작은 보석 원석을 얻었을 때, 나는 보로딘의 음악을 듣고 있었다. 〈중앙아시아 고원에서〉였다. 그리고 한 편의 시를 쓸 수 있었다.

고비사막을 걸어왔다

타클라마칸도 지나왔다

낙타처럼 뚜벅뚜벅 중앙아시아 돌길을 걷다가

푸른 돌 하나를 주웠다

말의 것일까 낙타의 것일까

일찍이 춘천 천막학교에서 잃어버렸던 신발

나는 이제야 맨발을 감싼 것이었다

그리고 '천축天竺의 선물'이라 이름지었다

모래 바람 아래 묻혀 있던 망각 속

푸른 돌에는 바람에 울리는 소리 묻혀 있다

수행자 혜초가 계림鷄林의 고향을 찾는 소리

내 발자국 소리에 평생을 귀기울이라

푸른 돌길을 지나며 스스로를 찾는 소리였다

—「천축天竺의 선물」 전문

　나는 라피스라줄리의 원석을 책꽂이 한구석에 놓아두었다. 실은 '한구석에 놓아두었다'라기보다 '모셔두었다'는 표현이 더 맞을 것이었다. 알고보니 이것은 청금석이라는 보석이며 고대로부터 소중하게 여겨졌다고 했다. 나는 예전에 인사동 골동가게 아자방의 김상옥 시조시인으로부터 들은 이야기를 연결시켰다. 청화백자의 청색이 짙으냐 옅으냐는 이 청금석이 많이 들어갔느냐 조금 들어갔느냐에 달려 있다는 것이었다.

"청금석의 원산지가 바로 중앙아시아 아프가니스탄이에요. 얼마 뒤에 저도 다녀오기로 했어요."

지금 아자방은 주인과 함께 없어졌지만, 또 다른 골동가게 '멜하바' 여주인이 말하고 있었다.

오늘 책꽂이 한구석의 청금석, 라피스라줄리를 꺼내놓고 나름대로의 중앙아시아를 그려보고 있다. 아프가니스탄은 물론 파키스탄을 아우르는 헬레니즘을 말하고 싶은데, 그럴 여유는 없다. 지면도 부족하고 내 지식의 한계도 부족하다. 알렉산더 대왕의 모습이 어디엔가 깃들어 있을까. 어쩌면 중앙아시아라기보다 혜초가 수행했던 천축국일까. 간다라미술이란? 아니, 몇 해 전 파괴된 바미얀 큰불상은? 이 모두가 캔버스에 올라앉은 라피스라줄리의 돌 속에 숨어 있으려니……

그렇다면 저 황량한 배경을 헤매는 미완의 짐승 모양은 무엇일까. 생명체이기나 한 것일까…… 다시 푸른 돌길을 헤매며 나는 사라진 어떤 왕국, 가령 구게왕국을 눈에 떠올리고만 있다.

푸른 꽃

"푸른 꽃 백 송이를 옆에 꽂아 놓도록 하오."

도사인 듯한 사람은 내게 말했다. 이게 무슨 약 처방일까. 몸이 아픈 듯하여 찾아간 사람이었다. 이름난 어떤 도사라고 했다. 그를 소개한 사람이 그려준 약도를 들고 열차를 타고 지방 도시로 향했던 것이다. 그런데 느닷없는 '백 송이 꽃'이었다.

어리둥절 머뭇거리는 내게, 그는 작은 꽃이 다닥다닥 핀 풀꽃은 실은 수많은 꽃송이들이 피어 있는 것이라고 설명하면서, 내 몸에는 그것이 약 처방이 된다고 말해주었다. 지방까지 갔지만, 그 이상한 처방을 받은 게 전부였다. 게다가 그는 아무런 보수를 요구하지도 않았다.

이럴 수가 있단 말인가. 나는 홀린 듯한 몸으로 되돌아오는 열차가 오는 역으로 돌아서고 말았다. 나중에 들으니, 그의 처방은 한 가지가 아니라 여러 가지라고 했다. 수많은 가지가지

이해하기 힘든 게 많다는 것이었다. 나와 같이 간 사람에게는 흐르는 냇물을 때때로 바라보라고 도 했다. 이 사람을 '도사'라고 부르지 않으면 무슨 이름이 가능하겠는가.

어쨌든 나는 그의 말대로 1년 동안 푸른 꽃을 꽂아 놓기를 계속하며 지났다. 그래서인가 술병으로 기신거리던 나는 이제 제법 기운을 차리고 아직도 살아 있기에 이르렀다. 나 자신 신기하다고 여길 지경인 것이다. 아, 하고 나는 이 이 우주 만물의 신비함까지도 받아들이는 내가 되었다.

또다시 기다리고 기다려온 꽃피는 계절이 왔다. 하지만 언제부터인가 나는 꽃이 활짝 핀 큰 나무보다 작은 꽃이 피는 꽃이 피는 풀을 더 아낀다. 가령 꽃마리 같은 작고 푸른 꽃은 어떨까. 그래서 멀리 시도 한 편 곁들인다.

핏줄이 파르스름 꽃잎에 묻어나는데

꽃마리

바람에 날린다

잎새에 무당벌레 붙어도

고개 넘어

그대 집 아직 멀다

그대의 핏줄에 흐르는 피는

이제껏의 인생살이를 말하면서

파르스름 그리움 짙게

내 한몸 이끌어가고 있는데

갈 길은 아직 멀기만 하고

꽃마리

이름 불러

나는 내 몸에 그대 위한 글자를 새기며

지는 해를 넘긴다

—「꽃마리, 꽃을 피우면」 전문

아득히 먼 서역 사막을 건너 고향 강릉으로의 회귀
―윤후명 시전집『새는 산과 바다를 이끌고』

곽효환 (시인)

1

독자들에게 윤후명이라는 이름은 소설가로서 친숙하다. 윤후명은 1970, 80년대의 거대담론과 이념에 추수하지 않았고 나아가 사회학적 상상력에 경도된 직후 문학의 빈곤을 극복한 작가로 꼽힌다. 문학사는 1970년대와 80년대를 도시화, 산업화의 격랑에 휩쓸려 낙오되어 버린 자들에게 연민 어린 시선을 보내거나 그러한 상황에 온몸으로 뛰어든 '민중문학론과 리얼리즘론의 시대'라고 정의하고 있다. 하지만 윤후명은『돈황의 사랑』을 시작으로『비단길로 오는 사랑』『협궤열차』등 여러 작품들에서 "자신을 1인칭 주인공으로 내세워 작가의 일상과 그 주변의 잡다한 이야기로 채워가는"(장석주, 「윤후명―'자멸파'의 상상력이 나아간 길」,『나는 문학이다』, 나무이야기 2009) 방식의 '나'로 일컬어지는 개인과 그 삶을 소설에 옮기는 특유의 작품세계를 개척하였다. 산업화시대 개발제일주의의 야만성과 그 그늘에서 소외당하고 고통 받는 사람들의 삶에 주목한 민중주의적 입장을 취한 큰 흐름에서 과감히 벗어나 개인의 이상과 삶 그리고 거기에서 비롯되는 고뇌와 방황 등에 천착한 소설가로 그는 한국 현대문학사에서 확실한 위치를 점하고 있다.

그런 윤후명에게는 두 개의 정체성이 있다. 하나는 1980~90년대 한국 소설을 대표하는 작가 중 한 사람으로서 '소설가 윤후명'이고 다른 하나는 그의 문학적 출발점인 '시인 윤상규'이다. 문학사에 독특한 위치를 점한 소설가이지만 윤후명은 시인으로 출발하였고 그 정체성을 잃어버리지 않으려고 부단히 경주해왔다.

윤후명은 1967년 경향신문 신춘문예 시 부문에 본명인 윤상규로 「빙하의 새」가 당선되며 문단에 등단하였고 1977년 문학과지성사에 시집 『명궁名弓』을 상재하였다. 1979년 한국일보 신춘문예 소설 부문에 윤후명이란 이름으로 「산역」이 당선되어 소설가로 활동하기까지 12년 동안 시인 윤상규의 정체성을 가지고 시작에 매진하였다. 좀 더 거슬러 올라가면 용산고등학교 재학 시절 이미 그는 시인의 길을 예비한 학생 문사였고, 연세대 철학과에 입학할 때 "왜 철학과를 지망했나?"는 면접관의 질문에 당당하게 "시를 쓰려고요"라고 답했을 정도로

대학 진학도 시를 쓰기 위해서였다.

소설가로 데뷔한 이후 문학적 중심을 소설로 옮겨 간 것은 사실이지만 그는 첫 시집을 낸 후『홀로 등불을 상처 위에 켜다』(민음사 1992), 『쇠물닭의 책』(서정시학 2012) 등 두 권의 시집을 펴냈고, 시 선집『강릉 별빛』(서정시학 2017)을 내는 등 꾸준히 시작 활동을 이어왔다. 특히 몇 해 전 강은교, 김형영, 정희성 등과 동인 '70년대'의 활동을 재개하여 시작활동을 지속함으로써 '시인 윤상규'의 정체성을 회복하고 시작활동을 강화하고 있는 것으로 보인다.

시와 소설 창작을 병행하는 것은 장르 간의 벽이 완강한 우리 문학 풍토에서 찾아보기 힘든 사례가 아닐 수 없다. 그보다 앞선 몇몇 선배 문인이나 후배 문인 가운데 두 개의 정체성을 보인 사례가 없는 것은 아니지만 윤후명처럼 두 개의 정체성을 지속적으로 유지하고 분명하게 정립한 경우는 드물다는 점에서 '시인 윤상규'를 고찰하는 것은 의미가 남다르다.

이러한 관점에서 그가 등단 반세기를 맞아 지난해 말 윤후명 전집 가운데 소설전집 12권과 함께 펴낸 시전집『새는 산과 바다를 이끌고』(은행나무 2017)는 시인 윤후명의 작품 세계를 온전히 고찰할 수 있다는 점에서 주목할 만하다. 이 시전집 1~3부에는 그가 이미 발간한 세 권의 시집이 같은 제목으로 차례대로 실려 있고 4부에는 아직 시집으로 묶지 않은 신작 시 90편이 수록되어 있다. 본고에서는 총 307편이 수록된 시전집『새는 산과 바다를 이끌고』를 통해 시인 윤후명의 시세계의 흐름과 방향성을 총체적으로 조명해 볼 것이다. 시인 윤후명의 작품세계 전모를 고찰함으로써 이미 상당 부분 조명되고 정리된 윤후명 소설세계와 함께 두 개의 정체성을 가진 윤후명의 문학세계 전체를 온전히 정립하는 데 기여할 수 있을 것이다.

2

등단 10년여 만에 낸 첫 시집『명궁』을 지배하는 분위기는 완강하리만큼 어둡고 비관적인 세계관이다. 친숙하지 않은 낯선 한자어와 고어투의 말씨, 문법이 파괴된 언어 등이 곳곳에 자리 잡고 있는 첫 시집에 수록된 시편들 곳곳에는 시인 자신이 접하고 있는 시대와 삶에 대한 비애와 어둡고 비관적인 인식을 절망적으로 드러내고 있다. 이 시집의 해설에서 김종철은 윤후명의 시세계를 '한恨의 세계'로 규정하고 "시인의 정서적 반응에서 가장 현저한 태도가 한의 감정에 혈연을 맺고 있다"고 말한다. "이 시인은 어떤 대상이나 경험을 리얼리스틱하게 드러내는 일에는 관심이 없고 일반적인 체험 전체에 대한 자기 나름대로의 포괄적인 정서적 반응을 표현하는 일에 열중하고 있다"는 것이다.

이 세계는 깊은 절망과 허무에 잠긴 전망이 부재한 현실에 대한 시적 반응이다. "시집『명궁』은 내 젊음의 이른바 질풍노도의 십 년 동안의 기록이지만 스스로 보면 몸이 옥죄도록 고독에 찌든 정조가 강하게 노정되어 있다. 시인 조정권이 어느 날 말한 것처럼 그것은 지극히도 황폐한, 황폐한 세계에의 방황이었을까?"(윤후명, 「모든 별들은 음악소리를 낸다」,『돈황의 사랑』, 문학과지성사 1983)에서 알 수 있듯이 그는 마주선 현실에 대한 패배자였고 때문에 그로부터 벗어나고 싶은 도피적 태도가 강하게 나타난다. "'검은 숲'이 언제까지 계속될 듯한 길이었다. 시는 내 인생의 나침반이 되어줄 수 있을까"(윤후명, 「검은 지도에 씌어진 시」,『모든 별들은 음악소리를 낸다』, 은행나무 2016)라는 고백처럼 이른바 '자멸파' 시절의 암담한 기록인 것이다.

꽃 지는 골짝마다 너를 만나마
손에 돌도끼라도 갈아쥐고
빈 흙집도 없는 골짝 외딴 응달
뻐꾸기 울음이 지어놓은 응달까지 내달아
샅샅이 만나 얽히고설키마
외넋이 외로 된 바를 즐겨
외다리로 뜀을 뛰마

너 묻힌 등성이 뒤 돌밭에

쉰 풀같이 쉰 눈길로

위아랫 마을을 기웃거리며

오래전에 죽은 기러기 신음 없듯이

늙도록 신음 없이 걸식하마

—「응달에서·상上」 전문

「응달에서·상上」은 허무와 무위의 비관적 세계관의 정점을 보여주고 있다. 화자의 의지는 꽃 지는 골짝의 외딴 응달까지 내달아 샅샅이 얽히고자 한다. 하지만 현실의 화자는 "외넋이 외로 된 바를 즐겨 / 외다리로 뜀을 뛰"는 외, 즉 버려지듯 혼자 남은 존재이다. 하여 홀로 위아래 마을을 기웃거리며 "오래전에 죽은 기러기 신음 없듯이 / 늙도록 신음 없이 걸식하마"고 말하게 된다. 무언가에 매달리고 희망을 가지고 싶지만 현실은 "피냄새에 고여 구르고 / (중략) / 피의 오향五香을 발라 / 이 마을 봄볕도 낭자하리라"(「먼 길」)거나 "그믐밤 비탈의 사잇길로 / 헛디뎌 아득히 불려"(「짧은 넋」)가 길게 길을 헤매거나 혹은 "내 청춘의 비루먹은 말馬 / 조차 / 가물가물 사라져 버리는"(「봄날 하루는」) 것이다. 이러한 현실에 대한 인식은 "이 헌 뼛속에나마 굳게 가두리 / 스스로 마침내 비참해지리"(「헌 뼛속에나마」)에서 보이는 것처럼 자신의 위치를 더는

떨어질 곳이 없을 정도로 가장 비참한 곳에 두는 비관으로 귀결되는 것이다.

전망이 부재한 암담한 현실에 대한 절망적 인식은 점점 더 깊이 침잠하거나 새로운 대안을 찾아 눈을 돌리기 마련이다. 절망과 비관이 깊다는 것은 출구를 찾기 쉽지 않음을 의미하는 동시에 그곳으로부터 벗어날 때가 멀지 않음을 역설하거나 그곳으로부터 벗어나지 않으면 안 되는 동기를 제공받는 계기로 이어지기도 한다. 황폐한 현실로부터 벗어나는 길은 출구를 찾아 먼 곳으로 눈을 돌리고 떠나거나 암울한 현실 그 이전의 시원/근원의 공간으로 되돌리고 그곳으로 회귀를 모색하는 것이 일반적이다. 선명하지는 않지만 「성수星宿」에서 그 일단을 찾아 볼 수 있다.

> 슬픔을 앓을 때나 기쁨을 앓을 때나
>
> 내 별은 빛을 뿜었지
>
> 밤마다 값싼 술로
>
> 눈과 귀를 잠재우고
>
> 더러워진 넋을 오로지 별에게 묻나니
>
> 헤매어 해어진 이 영육靈肉은
>
> 어느 기슭에 깃들어 쉬어 갈 수 있으리
>
> 오늘의 천지는 나와는 따로이

가없이 멀어져가고

어둠을 집으로 내 홀로 있나니

병들어 빛나는 별빛을 나의 빛으로

이 몸 버려진 광야를 사랑할지라

수_宿여, 수_宿여

—「성수星宿」 전문

　위 작품에서 시인은 답답하리만큼 암울하고 절망적인 현실 속에서도 한결같이 빛을 뿜는 '내 별'을 발견한다. 나는 슬픔도 않고 기쁨도 않는 변화 속에 사는 존재이고 전체적으로는 어둠을 집으로 홀로 서 있는 존재지만 하늘에 있는 '내 별'은 언제나 빛을 뿜는 절대적이고 영원한 것이다. 화자는 그 별에게 헤매어 해어진 이 영육은 "어느 기슭에 깃들어 쉬어 갈 수 있으리"라고 물음으로써 작은 출구를 발견한다. 이 발견은 절망을 딛고 "병들어 빛나는 별빛을 나의 빛으로 / 이 몸 버려진 광야를 사랑할지라"는 다짐으로 이어질 수 있기에 모든 별자리의 별들을 의미하는 성수星宿를 향해 "수여, 수여"라고 소리 내어 '내 별'을 부르는 것이다.

　암울하고 비관적인 인식이 완강히 자리 잡고 있는 『명궁』은 자칫 단조롭고 폐쇄적인 세계로 귀결되고 말 수도 있지만 작은 반전이 숨어 있다. 캄캄한 밤하늘의 멀리 있는 별을 통해

'이 몸 버려진 광야'를 사랑할 수 있는 작은 출구를 찾고 있는 것이다. 물론 구체적인 출구나 인식을 찾기는 어렵다. 다만 그것이 "그 잊힌 벌판 깊은 땅속에 / 잊히지 않으려고 묻어놓은 / 어버이 어깨뼈 한쪽 아직 지저귀리라"는 기원을 찾는 길이며 "썩은 무릎을 곧추세우고 / 오지奧地로 얼굴을 들고 / 누구보다도 머얼리 간다"는 행려의 길로 나서는 것임을 「북만北滿 견골肩骨 노래」를 통해 인식하고 있는 것이다.

3

두 번째 시집 『홀로 등불을 상처위에 켜다』는 어둠을 밝히는 등불을 들어 상처를 딛고 홀로 길을 가는 성숙해진 세계를 보인다. 절망적인 슬픔의 늪에 빠져 있던 『명궁』과는 확연히 달라진 모습니다. 이는 15년 만에 발간한 시집에서 발견되는 커다란 변화이지만 그 사이에 그가 소설가로 새롭게 출발하고 활발한 작품 활동을 통해 입지를 굳힌 것으로 미루어 볼 때 이 변모 과정은 소설 작품들을 통해 상당 부분 살펴볼 수 있을 것이다.

이 시집에서 확인할 수 있는 것은 질풍노도와 같은 고독에 찌든 정조와 황폐한 세계에서의 방황으로 요약되는 '자멸파' 시절을 어느 정도 극복하고 있다는 사실이다. 이것은 소설 『돈황의 사랑』 등에서 보여준 절망으로 가득한 현실 세계를 벗어나 먼 곳에 존재하는 '아름답고 신비한 이상 세계' 즉 서역을 향하는 시선을 통해 운명의 질곡에서 벗어나고 영원과 궁극의 지점에 도달하고자 하는 데서 확인할 수 있다. 서역, 즉 저 너머의 먼 곳으로의 떠남과 그곳에 대한 천착은 나의 근원적인 정체성을 추적하고 재정립하는 시도이자 길 찾기 과정으로 이해할 수 있기 때문이다. "지금-여기의 삶이 찰나적으로 사라져 버리는 덧없는 것의 표상이라면, 유구한 시간의 파괴력을 견디고 서 있는 서역의 유적은 사라짐의 운명을 딛고 선 초시간성의 세계의 상징"(장석주, 「윤후명—'자멸파'의 상상력이 나아간 길」)으로 삶과 생명의 근원의 모습을 가지고 있다고 믿기 때문이다.

어느 날 새벽

아니면 저녁

협궤열차에 흔들리는 삶

꼭 유령 같다니까 아니 강시같이

웃긴다니까

저놈의 열차는

금방 무덤에서 나온 듯

도시에 나타나 어 저게 저게 하는 동안

뒤뚱뒤뚱 아마 고대공룡전古代恐龍展으로 사라진다니까

거무튀튀한 몸통뼈 안에 그러나

흔들리는 삶

아직 살아서 뒤척이는 꿈

날품팔이 아낙네의 질긴 사랑

나도 그래야 한다 사랑해야 한다

세상이 무너지도록 사랑해야

살아 있음의 열띤 몸뚱이들을

—「협궤열차」 전문

「협궤열차」에서 보이는 시인의 태도는 일방향적인 비관과 절망으로부터 확실하게 벗어나 있다. 1차적으로 협궤열차에 실린 흔들리는 삶을 바라보며 열차는 금방 무덤에서 나온 듯 하고 열차에 실린 삶은 유령 같고 강시 같다고 말하지만 시인은 그 흔들리고 뒤뚱거리는 위태로운 모습에서 '아직 살아서 뒤척이는 꿈'을 발견한다. 흔들리면서도 뒤척이는 꿈은 날품 파는 아낙네의 그것처럼 비루한 현실 속에서도 삶을 포기하지 않고 억척스럽고 강인하고 질긴 생명력을 가진 사랑이다. 비루하고 위태로운 삶에서 비관과 절망으로 흐르지 않고 '날품팔이 아낙네의 질긴 사랑'을 발견할 뿐만 아니라 나도 세상이 무너지도록 사랑을 해야 한다는 다짐으로 나아가고 있는 것이다. 이것은 완강하고 출구를 찾을 수 없는『명궁』의 비관주의를 극복하고 있는 것이자 '살아 있음의 열띤 몸뚱이들'을 발견하는 커다란 변화가 아닐 수 없다.

이러한 태도는 "이제야 너의 마음을 알 것 같다"는 진솔한 고백에서 출발한다. 너의 마음을 헤아리는 일이 먼 길을 돌아온 "어둡고 아직 녹은 땅 밟아가듯이 / 늦은 마음"같은 것이지만 "홀로 등불을 상처 위에 켜다"(「홀로 등불을 상처 위에 켜다」)라고 진술하게 진술하는 화자의 발걸음이 닿고자 하는 궁극의 지점이 '사랑'임을 비로소 고백하는 것이다. 홀로 어둡고 헤매는 마음에 등불을 걸어 밝히는 것은 "찰나와 영겁에 닿는 빛이 있음을" 그리고 "보이지 않는 마음도 밝혀 / 그 애끓는 사랑하나 환하게 환하게 / 뭇별까지 사뭇 밝히어라"(「마음 하나 등불 하나」)는 것이라고 말이다.

두 번째 시집 『홀로 등불을 상처 위에 켜다』를 수록한 전집의 2부 뒤에 붙인 시인의 산문 「희망과 절망의 노래」를 통해 윤후명은 "나는 오로지 시인이 목표였다. 심각한 목표였다"고 자신의 문학적 목표가 시 쓰기였음을 다시금 확인하고 있다. 그리고 그 길은 "어떠한 광풍 아래서도 나는 등불을 들고 홀로 길을 간다. 사랑과 신념의 시 한 줄이 나를 이끈다"며 자신의 시 쓰기를 정의하고 있다. 이는 혹독하고 절망적인 빙하의 끝에서 "모든 생명의 불씨를, 당신과 나의 새 원천을 / 부리 가득 물고 날아'오는 한 마리 작은 겨울새의 모습을 담은 등단작

「빙하의 새」에서 지향하는 세계와도 일치하는 것이기도 하다. 어쩌면 먼 길을 돌아 "빙하의 끝에서 나의 한 마리 작은 새는 / 불씨의 이삭을 물고 온다"는 출발점에 다시 선 것이라고 할 수 있다.

4

세 번째 시집 『쇠물닭의 책』은 두 번째 시집과 20년이라는 큰 시간적 거리를 가지고 있지만 자신이 닿고자한 궁극적 지점으로서의 '사랑'과 초월적 회귀의 지점으로서의 고향에 대한 보다 진전된 사유를 담고 있다. 특히 소설에 집중하면 할수록 다른 한편에 더 강하게 자리 잡는 시인으로서의 자의식과 자아성찰적인 태도 그리고 실존적 인식을 같이 보이고 있다.

「소설가 Y씨의 하루」의 첫 행 "소설가 Y씨는 예전에 시를 썼다고 한다"에서 확인할 수 있는 것은 소설가이기 이전의 시인으로서의 정체성에 대한 자기 성찰의 태도이다. 이어지는 "요즘은 안 쓰냐고 묻는 사람도 있다 / 나는 그를 알고 있다 / 꽃을 가꿔 식물학자 흉내도 내고 / 술을 마시고 고래 흉내도 내며 / 세상을 거꾸로 보려 하지만 / 사랑이 그를 가로 막는다 / 아무리 물구나무서서 세상을 가도 / 사랑이 바로보라고 꾸짖기 때문에 / 그는 늘 불안하다 / 불안이 그의 생명이다"에서 확인할 수 있듯이 소설가이기 전에 시인이었다는 그리고 시인으로서 갖게 되는 정체성에 대한 불안이 나타나 있다. 시인으로서 그는 세상을 거꾸로 보려하고 세상이 물구나무서서 가더라도 사랑이 그것을 가로막고 바로보라고 꾸짖는다. 거꾸로 보려하고 거꾸로 가는 세상과 이를 가로막고 바로보라는 사랑의 길항에서 비롯되는 것이 불안이고 그것이 윤후명을 시인이게 하고 시를 쓰게 하는 실존의 생명이라는 것이다.

이는 "그의 소설은 꿈과 현실의 이중 구조를 통해 인간에게 초월이 어떤 의미를 지니는가를 탐구했다. 그런 점에서 그의 소설은 가장 시적인 구조를 지니고 있었고" 그가 시인이라는 원점에 돌아와 "가장 본질적인 국면에서 언어를 통한 영원추구를 시도하고 있다. 그의 영원추구는 죽음, 사랑, 그리움, 진실 등의 시어와 연결된다"(이승원, 해설 「영원한 사랑의 아픈 내력」, 『쇠물닭의 책』)는 지적이 성립하게 되는 지점이다.

먼 길을 가야만 한다

말하자면 어젯밤에도

은하수를 건너온 것이다

갈 길은 늘 아득하다

몸에 별똥별을 맞으며 우주를 건너야 한다

그게 사랑이다

언젠가 사라질 때까지

그게 사랑이다

—「사랑의 길」 전문

언젠가는 가려고 했던 곳이 있었습니다

그곳이 어디인지 몰라서 떠돌다가

젊어서도 늙어 있었고

늙어서도 젊어 있었습니다

무지개가 사라지는 곳에 있다고도,

사랑이 다한 곳에 있다고도,

슬픔이 묻힌 곳에 있다고도,

짐짓 믿었습니다.

그러나 어디인지 그곳은 끝끝내 멀고 아득하여

세상 길 어디론가 헤매어 갑니다

꽃 한 송이 필 때마다 그곳인가 하여

영원히 머물면서 말입니다

—「고향」 전문

앞서 살폈듯이 윤후명이 시인으로서 출발점에 되돌아 왔을 때 도달하고자 한 궁극의 지점은 사랑이다. 이 사랑은 위태롭게 흔들리는 가운데서도 살아서 뒤척이는 질긴 생명력을 갖는 것이다. 또 세상이 무너지도록 해야 하는 살아 있는 것들에게 절실하고도 강력한 것이기도 하다. 그리고 그것은 먼 길을 가야만 닿을 수 있는 것이라고 말한다. 어젯밤에 온 사랑도 사실은 은하수를 건너 먼 곳으로부터 온 것이고 다시 그것이 갈 길은 늘 아득한 것이라는 것이다. 또한 사랑은 몸에 별똥별을 맞으며 우주를 건너야 하는 멀고 힘들고 고귀한 것이다. 그런데 여기에서 시인이 말하고자 하는 것은 궁극의 지점에 있는 사랑의 영원불멸이 아니다. 시인은 온 몸에 별똥별을 맞으며 은하수를 건너고 우주를 지나오는 것 같이 머나먼 길을 가야만 하는 것이 사랑이지만 "언젠가 사라질 때까지 / 그게 사랑이다"라고 말한다. 사랑의 영원함과 불멸성은 사랑 자체가 아니라 사랑을 이루기 위해 아득하고 먼 길을 가는 끝없이 계속되는 행위와 과정 그리고 그 먼 길을 가게 하는 어떤 내력에 있다는 것이다.

이 시집에서 시인은 자신이 도달하고자 하는 궁극의 지점 가운데 하나로 고향을 말한다. 비참하기 그지없던 그래서 오래전에 죽은 기러기처럼 늙도록 신음 없이 걸식하며 먼 곳으로 눈을 돌리게 했던 현실공간을 향해 "언젠가는 가려고 했던 곳이 있었습니다"라고 화해의 손길을 내미는 것이다.

통념적으로 고향은 안식과 회귀의 상징공간이다. 따라서 고통스럽고 절망에 가득해 떠날 수밖에 없었던 공간이었지만 그것이 제거된, 즉 떠날 수밖에 없었던 비참한 현실상황을 걷어

낸 혹은 그것이 있기 이전 상태의 공간은 시원의 공간이고 근원적 공간이 된다. 따라서 고향은 영원과 불멸의 공간이고 사랑의 동의어가 된다. 그래서 언젠가는 가려했던 곳이 되고 또 회귀하고자 하는 시원의 공간이 어딘지 몰라서 떠돌았다는 고백이 성립하는 것이다.

윤후명은 「고향」에서 "어디인지 그곳은 끝끝내 멀고 아득하여 / 세상 길 어디론가 헤매어 갑니다"라고 궁극적 회귀처인 고향을 정의하고 자신을 떠날 수밖에 없게 했고 그래서 길고 먼 길을 떠돌게 한 암울한 기억 속의 현실공간과 화해하고 있다. 이는 초원으로 양 떼를 몰고 들짐승처럼 헤매는 사내를 나인지도 모른다고 인식하고 "내가 누구인가를 아는 / 그것이 사랑이라고"(「나인지도 모른다」) 토로하는 것이고 "흐린 불빛 / 밤열차 달려가면 / 하얀 그리움 / 우거져 숲이 된다"(「자작나무 숲」)는 먼 여정 속에 깨달음을 얻는 것이다. 이것은 늘 아득하지만 그 먼 길을 가야만 하는 「사랑의 길」과 궤를 같이하고 있는 것이자 앞으로 그의 시가 나아가게 될 방향을 조심스럽게 모색하는 것이기도 하다.

영원한 회귀처로서의 고향의 발견, 혹은 재인식은 이 시집의 핵심이다. 표제시 「쇠물닭의 책」은 먼 길을 돌아온 화해와 발견의 산물인 고향과 사랑의 영원성과 그 찬란한 아름다움을 담고 있다. 그것은 읽지 못하고 덮어둔 책들처럼 어두운 가을 늪과 같은 것이지만 "그러나 쇠물닭 날갯짓하던 물길은 어디엔가 있으리라고 / 문을 열면 어두운 늪 속에 하늘이 열린다 / 어두운 게 아니라 맑은 것 / 땅과 함께 하늘이 열"리는 새로운 길과 생명이 있는 역설적인 공간이어서 "닭은 마음이 거울 되어 쇠물닭의 물길을 열면 / 읽지 못한 책들이 / 푸드득 푸드득, 날개치며 살아나 / 맑은 페이지를 펼친다 / 마름 열매 별빛에도 글자들이 매달린다"고 새로운 영혼의 행로를 웅숭깊게 펼치게 되는 것이다.

5

윤후명 시전집의 4부 '대관령'은 아직 시집으로 묶지 않은 90편에 달하는 작품들을 싣고 있다. 앞의 세 시집의 발간 간격이 각각 15년과 20년이었던 것에 비하면 불과 5년여의 시간 동안의 소작은 전업시인 못지않은 왕성한 것이 아닐 수 없다. 이는 이즈음 재개한 '70년대' 동인의 꾸준한 활동에 힘입은 것으로 보이는데 그는 4부의 말미에 붙인 시인의 산문 「강릉과 대관령의 헌화가獻花歌」을 통해 "누가 뭐라 해도 나는 시인이자 소설가임을 어쩌랴"고 말하고 "나는 대관령 밑의 고향 땅에서 그러한 문학의 뜻을 펼치려 한다"고 선언하고 있다. 이는 '소설가 윤후명'에 경사 되었던 정체성이 '시인 윤후명'이란 정체성과 비로소 균형을 갖추고 나아갈 것임을 말하는 것이자 그의 시 세계가 대관령의 사랑 혹은 강릉의 사랑으로 귀결되고 있음을 의미한다. 고향으로의 회귀는 4부의 '시인의 말'에 밝히고 있듯이 "추상과 역리를 이겨내고 내 모습을 찾는 '사랑' 찾기, 즉 '사람' 찾기"라고 할 수 있다.

4부의 중심을 이루는 대관령 혹은 강릉 시편은 윤후명의 고향으로의 회귀와 그곳에서 계속되는 사랑과 사람을 찾기 위한 궁극적인 모색이 담겨 있다. 아울러 고향으로 회귀하기 전까지, 즉 절망적이고 비관적인 현실을 떠나 멀리 떠돈 그의 여정과 이력 그리고 거기에서 모색하고 찾고자 한 것들에 대해서도 비교적 일목요연하게 살필 수 있다. 그런 점에서 4부는 시인 윤후명의 먼 여로와 함께 마침내 도달한 지점에 대한 원숙한 시선과 경지를 볼 수 있다.

오래전에는 바다 밑이어서

소금밭이 된 땅을 지난다

나도 오래전에는 물고기였다고

말하려는 내가 망설인다

소금을 핥던 날들처럼 살았던 옛 시간

소금에 세상이 있음을 알았다

소금밭의 남녀는 어디로 가고

알갱이들이 꽃송이로 열려

바다를 향하고 있다

소금밭에 부는 바람이 그래서 향그럽게

내 생애를 핥는다

발자국마다 숨겨진 내 물고기 모습도

망설임의 비늘을 빛내며 바람 속에 살아난다

향그러운 순간이 있다

—「물고기의 모습」 전문

　「물고기의 모습」에서 화자가 지나고 있는 곳은 오래전에는
바다 밑이었던 지금은 융기한 대륙의 소금밭이 된 멀고 낯선
땅이다. 이곳에서 화자는 '소금을 핥던 날들처럼 살았던 옛 시
간'을 떠올리고 자신이 오래전에는 물고기였음을 말하기 위해
망설인다. 이는 화자의 행려가 절망적 현실로부터의 탈출과 그
로 인한 방황과 떠돎에 그치는 것이 아니라는 것을 의미한다.
지금의 중앙아시아와 서역 지역이 바다였던 시절, 자신은 전
생에 이곳에서 헤엄치던 물고기였음을 깨닫는 순간 이 행려는
단순히 떠도는 것이 아니라 불가의 윤회사상에 따라 전생의
고향을 찾아 회귀하는 것이 된다. 그래서 소금밭에 부는 바람
이 자신의 생애를 핥고 지나가고 "발자국마다 숨겨진 내 물고
기 모습도 / 망설임의 비늘을 빛내며 바람 속에 살아난다"고
전생의 향기로운 순간이 미학적으로 복원되는 것이다.

중앙아시아 혹은 서역까지의 머나먼 길을 마침내 도착하게 하는 것은 삶의 근원적인 모습을 담은 전생의 고향이라는 유전자가 핏속에 흐르기 때문이다. "중앙아시아 알타이의 돌사막에 두레박을 넣고 / 물을 긷는다 / 물은 글자로 씌어져서 / 내 핏줄에 사막가시풀처럼 자란다 / 나는 낙타처럼 그걸 먹이로 / 머나먼 길을 / 마침내 여기까지 온 것이다"(「알타이」)에서 알 수 있듯이 이곳에 오기까지 그는 여기에 무엇이 있는 줄도 모르는 상태에서 전생이라는 윤회의 끈에 이끌려 온 것이다. 그곳은 「천산天山을 향하여」에 밝히고 있듯이 "내가 바라보는 게 아니라 / 나를 바라보듯 솟아 있었"던 만년설을 머리에 이고 있는 톈샨天山이고 강원도 강릉에서 태어난 나는 맨발로 걸어온 듯 여기에 와 있는 것이다.

젊은 날 계속해서 행려의 길을 걸은 대상인 '서역/중앙아시아'는 윤후명에게 전생의 공간이자 궁극의 회귀처였다는 점에서 고향 강릉/대관령과 같은 층위에 있다. 마침내 숨 쉬는 내가 있는 여기는 "그대 집 앞 사립문에 앉은 / 잠자리의 날개 위에, / 머나먼 서역 고갯길을 넘는 / 양들의 눈망울에 뜬 구름 위에"(「여기 있는 나」)있고 두 곳이 서로 다르지 않은 같은 곳, 즉 같은 층위에 있음을 말하고 있는 것이 이를 뒷받침한다.

젊은 시절 절망적이고 비관에 가득한 현실공간에서 떠나

먼 전생의 고향에서 궁극의 사랑과 사람을 찾았다면 등단 반세기와 70년을 넘는 생을 살며 그는 머릿속 아득히 한 줄기 길이 고향집 앞으로 하얗게 뻗어 있음(「아득히 뻗은」)을 보게 된다. 이제 그에게 고향의 큰 산 아래로 흘러 내려오는 남대천은 얄룽창포강이라고 해도 브라마푸트라강이라고 해도 또 메콩강이라고 해도(「대관령 14」) 좋다. 그 강들은 별리와 죽음이 없고 생명이 넘치는 전생과 현생의 고향과 같은 의미의 층위로 흐르는 강이기 때문이다.

15편의 연작으로 된 「대관령」은 윤후명의 고향 강릉으로의 귀환과 그가 그토록 찾고자 한 사랑과 사람 찾기의 원숙한 고백이다. "나는 대관령을 넘어 강릉을 떠난 적은 있어도 강릉으로 돌아간 적은 없었다는 어떤 '관념'에 사로잡혀 있었다. 그러니 고향은 관념 속에 갇힌 '추상'으로만 남아 있었다. 지금도 그렇기만 한 것이다. 전쟁이 끝나던 해, 나는 군용 지프차를 타고 대관령을 넘었다. 그것이 마지막이었다. (중략) 가도 가는 게 아니라 떠나고만 있었으니, 그것은 추상이라기보다 '역리逆理'가 아니었을까"(윤후명, 「대관령의 사랑」, 월간 『시와 표현』, 2018년 1월호)라는 시인의 산문에서 볼 수 있듯이 「대관령」연작은 역리와 관념과 추상을 이겨내고 고향으로 회귀하고 있는 것이다.

남대천 둑길 밑 납작한 함석지붕

도롱이집이라 부르겠네

삿갓 하나로 몸을 가리고

예전 단오장 가듯 둑길을 가겠네

대관령에서 남대천 흘러내려

바다로 가는 길

나도 그길 따라 바다로 가겠네

도롱이는 비에 젖어 세상일 궂다 해도

나는 바다에 이르러 궂은 일 없다 하겠네

머나먼 세월 지나 둑길에 오르니

남대천에 비친 대관령 다시 보이고

나 태어나 이제야 나를 찾네

오랜 눈길로 내 지난날을 찾아가

남대천의 대관령을 다시 보는 도롱이집

—「대관령 13」 전문

「대관령 13」은 불가사의하고 가혹한 기억을 안고 고향을
등진 어린 아이가 칠순 노인이 되어 고향으로 되돌아가 선언
하는 '둔황의 사랑'과 같은 층위의 '강릉의 사랑'을 잘 집약해
보여주고 있다. 화자는 대관령에서 흘러 바다로 가는 남대천
둑방길에 서 있다. 그의 눈에 가장 먼저 띄는 것은 남대천 둑

방길 밑 납작한 함석지붕 집인데 이를 도롱이집이라 부르겠다고 한다. 이것은 궂은비에 도롱이는 젖는다 해도 그 안에 든 사람은 온전히 가려주는 작고 소박하지만 따뜻한 고향의 마음과 같은 것으로 화자는 도롱이집과 같은 삿갓 하나로 몸을 가리고 둑방길 따라 바다로 가겠다고 한다.

　육신이 태어난 고향과 떠난 외부 세계 사이를 거대한 벽처럼 가로막고 있던 대관령을 넘어 마침내 소박하고 따뜻한 마음으로 가는 이 길에서 화자는 중요한 발견을 한다. "머나먼 세월 지나 둑방길에 오르니 / 남대천에 비친 대관령 다시 보이고 / 나 태어나 이제야 나를 찾네"라는 추상과 역리를 넘어선 고향으로의 회귀가 그것이다. 남대천에 비친 대관령이 다시 보이고 나 태어나 이제야 나를 찾는 것은 도롱이집을 찾는 것과 같은 것인데 이는 작고 볼품없는 고향과 같은 도롱이를 통해 세상 궂은일에 젖을지라도 그 안에 든 "나는 바다에 이르러 궂은 일 없다"는 중요한 발견과 깨달음에 도달하고 있는 것이다. 그곳은 "누구도 돌보지 않던 탑이 생명을 갖고서 현현하는 곳"(이승하, 「대관령을 넘어 고향 강릉에 간 시인 윤후명」, 월간 『시와 표현』 2018년 1월호)이기 때문이다. 이로써 육신의 고향은 영혼의 안식처이자 회귀로서의 궁극의 지점을 확보하게 되는 것이다.

강릉 바닷가에서 별을 바라보는 것은

이 삶을 물어보는 것

이 삶이 지나면

다시 올 거냐고

어느 바다를 지나 다시 올 거냐고

물어 보는 것

그러면 별은 물고기가 되어

멀리 헤어가기만 한다

새가 되어

멀리 날아가기만 한다

그리고 별은 먼 향내에 빛난다

따라서 강릉 바다의 향내는 먼 별의 모습

우리가 살아 있음을 가장 멀리 빛내는 별의 모습

강릉 바닷가에서 별을 바라보는 것은

지금 살아 있음을 되새기며

이 삶의 사랑을 물어 보는 것

—「강릉 별빛」 전문

세상 궂은일에 젖을지라도 그 안에 들었으므로 궂은일 없는 도롱이집으로 상징되는 고향에 돌아온 화자는 "강릉 바닷가에서 별을 바라보는 것은 / 이 삶을 물어보는 것"이라고 말한다. 그것은 이 삶이 지나고 다음 삶에도 다시 돌아올 것이냐고 묻는 것이기도 하다. 하지만 그 물음에 답이 필요하지는 않다. 별은 물고기가 되어 멀리 헤어가기만하고 또 새가 되어 날아가기만 할지라도 먼 길을 걷고 돌아 마침내 회귀한 고향 하늘의 별은 우리가 살아 있음을 가장 멀리 빛내는 아름답고 향내 가득한 것이기 때문이다. 그렇게 되는 데에는 절망 속에 괴로워하며 "내가 여지껏 세상에 묻고 또 묻던 물음 / 사랑이 뭐냐는 그 물음을" 던지고 "그래서 엉겅퀴는 / 핏빛으로 핏빛으로 피고 있었"(「꽃빛을 위하여」)던 과정을 지나왔기 때문에 그리고 "살아오는 동안 내게로 쳐들어오는 것은 / 남이 아니라 나였다"(「오랑캐꽃」)는 자신이 살아온 삶에 대한 진솔한 성찰이 있기에 가능한 것이다. 따라서 시인은 "강릉 바닷가에서 별을 바라보는 것은 / 지금 살아 있음을 되새기며 / 이 삶의 사랑을 물어 보는 것"이라고 반세기가 넘는 떠돎 끝에 돌아온 고향에 대한 깨달음을 나직하게 속삭이고 있는 것이다.

윤후명의 문학 속에 반세기가 넘는 세월 동안 계속해서 반복되어온 떠남과 돌아옴은 모두 궁극의 지점에 있는 사랑과 사람을 찾는데 있고 이것은 그의 화두이자 귀결점이다. 초기에는 희망을 찾을 수 없는 절망적이고 황폐한 현실을 바라보는 비관주의에서 시작된 먼 곳으로의 떠남과 방황이었다면 종국에는 먼 행려 속에 고향으로의 회귀로 이어지는 흐름은 불가의 윤회론에 입각해서 볼 때 시원과 근원을 찾는 여정이라 할 수 있다.

이런 떠남과 돌아옴의 이력을 거쳐 온 윤후명에게 '가까이'와 '먼'은 동의어가 되어 있음을 확인할 수 있다. "'가까이'를 바라면서 / '먼'이라고 쓴다 / 그러니까 / '머나먼'이란 '가깝디 가까운'이 된다 / 이렇게 쓰기까지 오랜 세월이 걸렸다 / 열일곱부터 '머나먼' 곳을 향해 걸어왔으나 / 아직도 가야 할 길 / '머나먼' 길이 있으니 / 서둘러 길을 떠나곤 한다 / '가까이'가 마지막이 되기까지 / 길을 떠나곤 한다"(「가까이, 먼」)에서 확인할 수 있듯이 먼 곳으로 혹은 가까운 곳으로의 그의 행려는 계속될 것이고 그의 사랑과 사람 찾기는 끝없이 계속될 것이다. 그가 서둘러 떠나는 먼 길은 가까이 가기 위한 것이기 때문이다.

6

윤후명의 작품 세계는 이질적인 자리에서 출발하여 전개되었다. 1970년대 산업화로 인한 정치, 경제, 사회 구조 전반의 급격한 재편과 그로 인한 이면의 그늘을 고발하고 1980년대 들어 한치 앞도 내다볼 수 없는 안개정국 속에서 길을 잃고 방황하던 한국문학에서 그는 이단아처럼 개인으로서의 '나'를 주목하였다. 이것은 "사회학적 상상력에의 과다한 편중, 반지성

적 태도, 덕성을 너무나 쉽게 믿어버리는 가난한 사람들의 순 진함, 이야기 흥미에의 지나친 의존"(이동하, 「불운한 동생을 위하여」, 『언어의 세계』 2집, 청하 1983)이라는 이 시기의 문 학, 특히 소설의 문제점을 벗어나 있는 것이다.

특히 그는 시에서 어둡고 절망적인 현실공간으로부터 궁극 적으로 닿고자 하는 지점을 찾아 먼 길을 떠났다. 그리고 먼 곳으로의 오랜 행려 끝에 마침내 고향으로의 회귀하는 모습 을 보였다. 그의 멀리 떠남은 비관적 현실을 떠나 전생의 공간 이자 시원의 공간을 찾는 모색이었고, 고향으로의 귀환은 암 울한 현실 이전의 근원의 공간의 회복이라는 면에서 순환적 의미망을 갖는다. 또한 그가 떠도는 먼 곳은 윤회론에 입각한 전생의 공간이라는 점에서 현재의 육신이 태어난 고향과 같은 층위를 갖게 될 뿐만 아니라 '먼'과 '가까운'은 동의적인 의미 를 가지고 있음을 확인할 수 있다.

이러한 윤후명의 문학적 행로에 대해 한 후배 시인은 그의 등단 50주년을 기념하는 한 문예지 특집 시에서 "그에게는 서 늘한 모래바람 냄새가 난다 / 모두가 세상을 향해 달려 나간 / 거대한 담론과 이념의 시대에 / 달무리 진 밤하늘 아래 사자 가 되어 / 아득히 먼 서역 사막을 홀로 건넌 사람"(곽효환, 「사 막을 건너는 사람, 윤후명」, 『문학나무』 2017년 가을호)이라고 정의한 바 있다. 그의 문학의 길은 고뇌와 방황이라는 긴 여정

속의 '개인'의 고투였지만 종국적으로는 문학의 보편적이면서 궁극의 지점인 사랑, 죽음, 진실, 그리움 등 영원의 지점을 탐색한 모험이라고 할 수 있다.

이제 등단 반세기를 넘고 생물학적으로도 고희의 나이를 넘어선 그의 시적 혹은 문학적 행려는 그토록 그가 갈구했던 사랑과 사람 찾기에 보다 가까이 다가선 것으로 보인다. 멀리 서역과 중앙아시아에서 대관령 너머 강릉으로 뻗은 길에서 그는 "암호가 풀리는 소리가 들리고 책은 사람에게 스스로 뜻을 들려주기 시작"하고 "그 책 읽는 소리에서 옛날 그 여인에게 묻어나던 바닷속 향내가 전해지"는 한 권의 아름다운 책을 쓰려 할 것이다. 독자에게 남은 것은 앞으로 그가 어떤 문학적 추수를 거두게 될지 함께 지켜보고 기다려 보는 일이다.

윤후명

강원도 강릉 출생
1969년 연세대 철학과 졸업
1967년 경향신문 시 당선, 1979년 한국일보 소설 당선

〈수상〉
녹원문학상(1983), 소설문학작품상(1984), 한국일보문학상(1985), 현대문학상(1994), 이상문학상(1995), 이수문학상(2002), 현대불교문학상(2007), 동리문학상(2012), 고양문학상(2012), 만해님시인상 작품상(2013), 연문인상(2018), 3.1문화상 예술상(2021)

〈약력〉
연세대 강사, 국민대대학원 겸임교수, 체코 브르노 콘서바토리 교수(한국) 역임, 수림문학상 심사위원장(현)

윤후명 시집

비단길 편지

1판 1쇄 발행 2022년 7월 28일

지은이 · 윤후명
펴낸이 · 주연선

(주)은행나무

04035 서울특별시 마포구 양화로11길 54
전화 · 02)3143-0651~3 | 팩스 · 02)3143-0654
신고번호 · 제 1997—000168호(1997. 12. 12)
www.ehbook.co.kr
ehbook@ehbook.co.kr

ISBN 979-11-6737-190-4 03810